殴る白衣の天使

Naguru Hakui no Tenshi

「すごいな。昨夜まで処女だったのに」
含み笑いが、尻のすぐ近くで聞こえた。
間近から覗き込んだ男が、そっと両手の指で粘膜へ触れてくる。

殴《なぐ》る白衣《はくい》の天使《てんし》

篠《しの》崎《ざき》一《ひと》夜《よ》

ILLUSTRATION

香坂《こうさか》 透《とおる》

CONTENTS

殴る白衣の天使

殴る白衣の天使

男の息が、やわらかに笑う。

「力抜いて、如月《きさらぎ》。大丈夫《だいじょうぶ》だから…」

響《ひび》きのよいその声に、迫《せ》り上がるように胸《むね》がふるえた。

「は、はい……」

「緊張《きんちょう》しなくていいよ。誰《だれ》にだって、初めてはあるから。全部、俺《おれ》に任《まか》せて…」

やさしく励《はげ》まされ、深く息を吸う。

音もなく開いた扉《とびら》の向こうに、青白い部屋《へや》が見えた。中央に置かれた手術台《しゅじゅつだい》を、幾《いく》つもの計器《けいき》が囲《かこ》んでいる。横たわる患者《かんじゃ》を気遣《きづか》いながら、看護師《かんごし》たちが忙《いそが》しく行き来していた。心電図《しんでんず》を覗《のぞ》き込む麻《ま》酔医《すいい》は勿論《もちろん》、手術室には独特《どくとく》の緊張感が満ちている。

嗅《か》ぎ慣《な》れた消毒薬《しょうどくやく》の匂《にお》いを感じながら、如月侑那《ゆきな》は丹念《たんねん》に手洗《てあら》いを繰《く》り返した。研修医《けんしゅうい》を終えて一年目、この正城医院《せいじょういいん》の外科《げか》で専門《せんもん》研修を始めて、二カ月になる。

これまで、如月は虫垂炎《ちゅうすいえん》の手術を何度か見学した。外科手術のなかでも、それが比較的容易《ひかくてきようい》なものであることは十分に理解《りかい》している。

しかし今日初めて執刀《しっとう》を任せられる自分が、無事手術を成《な》し遂《と》げられるのか。決して口に出すことのできない不安と緊張が、如月を無口《むくち》にさせていた。

固《もと》より、如月は口数の多い青年ではない。物静かな如月の横顔は、端正《たんせい》な人形めいてうつくしかった。

床《ゆか》を踏《ふ》むサンダルの音や、確認《かくにん》の声だけが手術室から大きく聞こえる。機械的にブラシで腕《うで》をこすり、如月は長い睫《まつげ》を伏《ふ》せた。

「ほらもう真っ赤じゃないか。力入れすぎると、怪我《けが》するよ」

隣《となり》で手洗いをすませた先輩《せんぱい》外科医が、長い指で如月の手を示す。今日、如月の介助《かいじょ》を担当《たんとう》する、正宗《まさむね》誠一郎《せいいちろう》だ。

正宗はまだ若いが、その技術《ぎじゅつ》には特に高い評価《ひょうか》があった。如月も幾度となく正宗の執刀を見学してきたが、男の指先の正確《せいかく》さには目を瞠《みは》るばかりだ。

如月は特別背の低い部類《ぶるい》ではないのだが、それでも正宗と視線《しせん》を合わせるためには、顔を上げなければならない。すらりとした長身の正宗は、均整《きんせい》の取れた筋肉《きんにく》を纏《まと》っている。薄緑色のマスクの上からでも、容貌《ようぼう》の彫《ほ》りの深さが見て取れた。

「手。痛くない？」

示されるまま自らの両手を見下ろし、如月が顔をしかめる。

痩《や》せた如月の両手は、真っ赤に充血《じゅうけつ》していた。ブラシでこすりすぎたせいだ。

外科への勤務《きんむ》を始めたばかりの頃《ころ》は、大抵《たいてい》の者がブラシに負け、手洗いのたびに手を赤くしてしまう。しかし執刀を任せられる自分がこれでは、情《なさ》けなくも恥ずかしい。

「指は大丈夫です。今日はよろしくお願いします」

入念《にゅうねん》に消毒をすませ、如月は改《あらた》めて頭を下げた。

新人の術者には、熟練《じゅくれん》した医師が前だちと呼ばれる助手役につく。自分の前だちが正宗であることを知らされたとき、如月は心底ほっとした。同時に正宗に恥をかかせないよう、万全《ばんぜん》の姿勢《しせい》で臨《のぞ》むつもりが、如月の決意はすでに手洗い場で打ち砕《くだ》かれてしまったのだ。

「心強いですね、正宗先生が立ち会われるだなんて」

ガウンを手にした看護師が、頼《たの》もしそうに正宗を見上げる。

「そう？　盲腸《もうちょう》は久《ひさ》し振りだけど頑張るよ」

眼《め》を細めた正宗に、まだ年若い看護師が頬《ほお》を赤らめた。

正宗の双眸《そうぼう》は柔和《にゅうわ》だが、覗き込まれるとはっとするような力がある。看護師たちからも人気が高く、誰が正宗にガウンを着せかけるかで、揉《も》めるという噂《うわさ》まであるほどだ。

「患者さんの様子はどう。昨夜《ゆうべ》はよく休めたって？」

正宗に尋《たず》ねられ、如月は弾《はじ》かれたように頷《うなず》いた。

「は、はい。ゆっくりお休みになったそうです」

「そうか。よかったね。状態《じょうたい》も落ちついてるんでしょ？」

正宗の言葉の終わりが、看護師へと向けられる。いかにも場慣れした声の張りに、如月は自らの立場も忘れ男に見入った。

「全《すべ》て良好です」

看護師の報告《ほうこく》に、正宗が頷く。

「じゃあ安心だね。麻酔科の先生は……」

正宗の脳裏《のうり》では手術に必要な道筋《みちすじ》が、当然のように組み立てられているのだろう。手術室に入るたび、その場の誰もが正宗に強い信頼《しんらい》を寄せていることが空気からでも感じられた。

「如月、まだ緊張してる？」

用意された手袋《てぶくろ》へと手を差し入れながら、正宗が首を傾《かたむ》ける。唐突《とうとつ》に尋ねられ、喉《のど》の奥で鼓動《こどう》が跳《は》ねた。

「大丈夫です」

即答《そくとう》した如月に、正宗が双眸を細める。

「俺、初めて執刀したときは緊張したな」

「…正宗先生でもですか？」

思わず尋ね返すと、正宗がちいさく声を上げて笑った。

「当たり前だろ。一生懸命《いっしょうけんめい》洗いすぎて、手が真っ赤になっちゃってさ。普通《ふつう》の精神《せいしん》の人間だったら、誰だってそうなるはずだよ。気負《きお》う必要なんてないから、頑張って」

やわらかな励ましに、急速に胸があたたかくなる。

これ以上なく勇気づけられ、如月は深く頭を下げた。

「ありがとうございます」

「やってみると、執刀医の方が、鉤引《こうひ》きよりは楽なんだよ。眠《ねむ》くならないから」

器用《きよう》に片目《かため》を瞑《つむ》られ、如月の瞳《ひとみ》にも笑みが上る。手術の作業を助けるため、創部《そうぶ》の皮膚《ひふ》を金属《きんぞく》の鉤で引っ張る役目は、意外にも大変な作業なのだ。

「そろそろ、行こうか」

準備を終えた正宗に促《うなが》され、如月はしっかりと頷いた。

「はい」

手術室への扉が、開かれる。


入院病棟《びょうとう》と事務《じむ》棟とを繋《つな》ぐ通路が、長く延《の》びている。そこを行き交う看護師たちの姿《すがた》は、毎日変わることのない院内《いんない》の風景《ふうけい》だ。夏を待つこの季節《きせつ》は、院内にも和《なご》やかな空気が漂《ただよ》う。

エレベーターへ乗り込もうとして、如月はふと足を止めた。窓から見える中庭に、長身の人影がある。正宗だ。

面会《めんかい》時間も終わりが近く、周囲は少しずつ暮れ始めている。

そのなかでも、正宗の長身は自然と如月の目を引きつけた。正宗の傍《かたわ》らにあるのは、車椅子《くるまいす》の少女だ。

楽しげな様子に目を細めた如月を、大きな手が叩《たた》く。

「…わっ…!」

同じ行為《こうい》を女性にすれば、ただではすむまい。広げた掌《てのひら》で、尻《しり》のあたりを摑《つか》むように撫《な》でられた。

「如月先生ェ。なにやってんだ」

「ま、正宗さん…。こんにちは」

間近に迫《せま》った男の顔に、如月がぎこちなく頭を下げる。

先輩医師と同じ姓《せい》を持つ正宗嗣春《つぐはる》は、正宗の実弟《じってい》だ。しかし二人の容貌は、あまり似ていない。吊《つ》り上がった嗣春の目尻《めじり》や頬骨《ほおぼね》の高さは、正宗に比べると険《けん》があった。

なにより一番の差異《さい》は、その人柄《ひとがら》だろう。

噂好きで横柄《おうへい》な嗣春が、如月は正宗の弟とはいえ苦手だった。

嗣春が骨折《こっせつ》のため、整形《せいけい》外科へ入院してきたのは一週間ほど前のことだ。今でこそ入院患者の一人だが、嗣春はこの正城医院で働く事務員でもあった。

「あれ、誠一郎じゃん」

如月の肩越《かたご》しに、嗣春が中庭を捉《とら》える。

中庭に立つ正宗は、車椅子の少女と視線を合わせるため、長い体を折っていた。車椅子に座るのは、整形外科に入院している今岡奈津美《いまおかなつみ》という患者だ。愛らしい桜《さくら》色のワンピース姿の奈津美は、楽しそうに笑っている。

「どお？　もうウチには馴染《なじ》んだ？　聞いたぜ。一昨日《おととい》、執刀を任されたんだってな」

虫垂炎を切るのに、一時間以上もかかったんだろ。

そうつけ足した嗣春の耳の早さに、如月が溜《た》め息《いき》を吐《つ》く。

「ええ、正宗先生のお陰で、どうにか無事終えることができました」

「患者も大変だったなァ。でも大谷《おおたに》センセは、初めて甲状腺《こうじょうせん》手術すんのに四時間近くかかったって話だし、気にするこたァねえか。大体兄貴《あにき》が指導医《しどうい》なら、お前がミスしても握《にぎ》り潰《つぶ》してくれんじゃねえの？」

冗談《じょうだん》のつもりなのだろうが、嗣春の言葉に如月は内心顔を歪《ゆが》めた。

嗣春は勿論だが、院内で正宗誠一郎の名を知らない者はいない。それは年齢《ねんれい》に似合《にあ》わない、突出《とっしゅつ》した手腕《しゅわん》のためだけではなかった。

嗣春と正宗は、この正城医院の院長、正宗義展《よしのぶ》の甥《おい》なのだ。

私立《しりつ》病院の例に洩《も》れず、院内において院長の権限《けんげん》は大きい。さらには院長夫婦《ふうふ》には子供《こども》がなく、兄夫婦の長男にあたる正宗を、我が子のように可愛《かわい》がっていた。そんな正宗を、次期院長の椅子に最も近いと見る者は多い。

如月がそうした事実を知ったのは、実際この正城医院へ配属《はいぞく》された後《あと》のことだった。

如月と正宗は現在でも、同じ地元大学病院の医局に所属《しょぞく》している。以前から正宗が、困難《こんなん》な手術を引き受けるため、正城医院を訪《おとず》れていたことは知っていた。血縁《けつえん》関係があることも周りの噂で聞いてはいたが、まさかこれほど強固《きょうこ》な繋がりがあるとは思わなかった。医局から正城医院へ配属された今でも、正宗自身が院長との関係をひけらかすことはない。同じ甥でも、権威《けんい》を振りかざす嗣春とでは正反対だった。

「世のなかってのは不公平だよなー。誠一郎みてぇにどこにいても前途《ぜんと》洋々《ようよう》な男、嫌味《いやみ》だぜ」

嗣春が皮肉るとおり、正宗はできすぎた男だ。

正宗がこの春から、自ら正城医院への配属を求めたと聞いたとき、如月は正直驚《しょうじきおどろ》いた。大学病院での正宗の評価は、言うまでもなく高いものだ。誰もが将来《しょうらい》、正宗が教授《きょうじゅ》の座を射止めるだろうと考えていた。その男が、一時とはいえ大学病院を離《はな》れるというのだ。

院長との関係を思えば納得《なっとく》もできるが、それでも正宗が再び大学病院へ戻ることを、多くの者が期待《きたい》していた。

「如月センセーには関係ねー話か？　あんたはがっちがちの兄貴信奉者《しんぽうしゃ》だもんな」

呆《あき》れたように、嗣春が肩を竦《すく》める。

嗣春にとって、正宗は無邪気《むじゃき》に慕《した》える存在ではないらしい。確かに人望が厚《あつ》く、何事《なにごと》にも突出した兄は、時には煙《けむ》たい存在なのかもしれない。気持ちは分からないでもなかったが、それを差し引いても、正宗は尊敬《そんけい》に値《あたい》する男だった。

「皆《みな》さん、正宗先生を慕っていらっしゃいますよ」

無論《むろん》、嗣春がひやかしたとおり、如月もその一人だ。

正宗がここへ移《うつ》る際、如月が驚いたことがもう一つある。それは正宗と同様《どうよう》に、如月自身も大学の医局に籍《せき》を残したまま、正城医院へ配属されたことだ。

何故《なぜ》自分が選《えら》ばれたのか、詳《くわ》しい経緯《けいい》は分からない。学部長の意向と聞いたが、いずれにせよ憧《あこが》れ続けた正宗の元で働けるのは、如月にとって一番の幸運だった。

「井口製薬《いぐちせいやく》のMR《エムアール》とか？」

唇《くちびる》を歪ませた嗣春に、如月が顔をしかめる。

「この前は病理《びょうり》の女医や、若い方の麻酔医とつき合ってたんじゃねーの、誠一郎のヤツ。つか病院中の女が狙《ねら》ってんだろ」

いい気なもんだぜと、嗣春が吐き捨てるのも無理はない。

確かに正宗は、その立場だけでなく人柄や容姿《ようし》からも、凡《およ》そ女とつく全ての者から、好意を寄せられていると言ってよかった。噂に聞くだけでも、話に上った製薬会社のMRや女医どころではない。

正宗のやさしさが、言い寄る女性たちを無下《むげ》にできないのだろう。同時にその性格故《ゆえ》か、正宗が女性関係で醜態《しゅうたい》を演《えん》じたという話は聞かなかった。

女性だけではなく、正宗は同性《どうせい》からもすこぶる評判《ひょうばん》のよい男だ。何事も鼻にかけない態度《たいど》が、無用の嫉妬《しっと》を躱《かわ》しているのか。勿論、嗣春のような例外もいる。

「すげーな。あの娘も、誠一郎狙いか？」

車椅子の少女を指差し、嗣春が歯を見せた。

風が出てきたのか、中庭の植《う》え込みが揺れている。奈津美が風に流れる髪《かみ》を、笑いながら押さえているのが見えた。

顔を上げた正宗が一度、如月たちの立つ窓を振り仰《あお》ぐ。目が合ったのかどうかは定かでない。正宗は腕を伸ばすと、ゆっくりと車椅子を押し始めた。

「……じゃあな、俺は行くぜ」

「あまり動くと、怪我に障《さわ》りますよ」

屋内へ向かう二人の姿に、嗣春が窓を離れる。

溜め息を吐き、如月は階段《かいだん》を下り談話室へ向かった。談話室から中庭へ通じる、重い硝子《ガラス》戸を開く。

「ありがと、如月センセ」

やわらかな風と共に、はしゃいだ少女の声が流れ込んだ。

「悪いね。助かったよ」

車椅子を押す正宗が、如月を見下ろし眼を細めた。正宗がいるだけで、談話室の雰囲気《ふんいき》が明るくなるから不思議だ。

「外、暑いくらいだったね」

飲み物が入った紙コップを手に、奈津美が正宗を振り返る。

高校二年生の奈津美は瞳の大きな少女で、背中《せなか》まである髪を明るい茶色に染めていた。左の足に疾患《しっかん》を抱える奈津美は、この二年で三度の手術を受けている。生まれつき足の骨に障害《しょうがい》があり、近い将来左足を膝下《ひざした》から切除《せつじょ》しなければならない可能性があった。その事実は奈津美自身も知っている。しかし悲愴《ひそう》さを覗かせない彼女の笑顔に、如月はいつも助けられていた。

病院生活が長い奈津美は、如月を始め科の違う医師たちとも顔見知りだ。正宗もその一人だが、特別な好意を抱《いだ》いていることは、奈津美自身の口から教えられていた。

「あらいいわねえ。今岡さん、正宗先生とデート？」

包交車《ほうこうしゃ》を押し、廊下《ろうか》を通りかかった看護師が足を止める。

「整形の患者さんで、正宗先生を独占《どくせん》できるのは今岡さんぐらいよ」

「駄目だよ。俺なんか、奈津美ちゃんから見ればおじさんだから」

「そんなことないよ！」

正宗の軽口を、奈津美がむきになって否定《ひてい》した。確かにおじさんなどという言葉は、正宗にはあまりにも似合わない。

「本当？　嬉《うれ》しいなあ」

「よかったですね、正宗先生。若い子に人気があって」

正宗の姿を見つけ、手の空《す》いている看護師たちが自然と集まってくる。あっと言う間に四、五人の看護師に囲まれ、如月はいつものことながら舌《した》を巻《ま》いた。上役《うわやく》の看護師に見つかれば叱《しか》られるだろうに、それでも正宗との会話のきっかけを得ようとする熱意には圧倒《あっとう》される。

「正宗先生、この前おっしゃっていた、カンファレンス用のカルテの件なんですけど…」

「ああ。ありがとう。後でナースステーションに取りに行くよ」

若い看護師の呼びかけに、正宗が手を上げて応《こた》えた。

「ねえ奈津美ちゃん。如月先生なんてどうなの？　本当に素直《すなお》だし、きれいな顔してるし。それに俺より若いしさ。仲いいんでしょ？」

突然《とつぜん》の正宗の問いに、如月が驚いて顔を上げる。ね、と笑顔で看護師を見回した正宗に、女性たちが如月を振り返った。

「確かに如月先生も素敵《すてき》だけど……」

同調《どうちょう》した看護師の一人が、ちらりと、正宗に目配《めくば》せする。

「如月センセは駄目よ。自分より顔がきれいなカレシなんて、ちょっとね」

真顔で切って捨てた奈津美に、看護師たちからどっと笑いがもれた。

「駄目なの？　顔がきれいなのって」

不思議そうに、正宗が小首を傾《かし》げる。

「…男に対する褒《ほ》め言葉じゃないですよ。正宗先生」

口を引き結び、如月は抗議《こうぎ》した。

「そうかな。俺は好きなんだけど。……あっ」

聞き慣れた電子音に、正宗が白衣のポケットへ手を突っ込む。それは如月も同様だ。

「俺の方だ」

呼び出し用の通信機器を覗き込み、正宗が呟《つぶや》く。

「ごめん。奈津美ちゃん、一人で部屋まで帰れる？」

奈津美の肩をやさしく叩き、正宗がすぐに廊下へ飛び出した。

「如月、手が空いたら後で俺の部屋へ寄って。昨日の資料整理がまだ残ってるんだ。悪いね」

後に続こうとした如月を、正宗が押《お》し止《とど》める。

「…いいなー。あたしも正宗先生の受け持ちになりたい。…そうだ！　さっき上階《うえ》にいたの、もしかして正宗センセの兄弟？」

正宗の背中を見送った奈津美が、唐突に如月を振り返った。

「そうだけど」

まさか階下の中庭から、自分たちの姿が見えていたのか。驚く如月に、奈津美が大人びた仕種《しぐさ》で腕組みをした。

「やっぱり正宗先生が言ったとおりだ。如月センセの隣にいるの絶対弟だって、先生即行断言《そっこうだんげん》するんだもん。あたしさぁ、あの人ヤなんだよね」

「駄目だよ今岡さん。そんなこと言っちゃ」

「えー。だって正宗先生と全然違うし。なんか病棟でも威張《いば》っちゃってさ。如月センセも気をつけた方がいいかもよ。あっ！　そんなことより、ちょっと聞いて」

しかめっ面《つら》から一転笑顔を浮かべ、奈津美が如月の袖《そで》を引っ張った。

先刻《せんこく》の奈津美の言葉ではないが、女性的な容貌のせいか、このぐらいの年の女の子に、如月は年上の男性として扱《あつか》われることが極《きわ》めて少ない。殊《こと》に奈津美には、完全に男として認識《にんしき》されていない様子だ。

親《した》しみを持ってくれるのは嬉しいのだが、少なからず寂《さび》しくもある。如月の心中《しんちゅう》など知らず、奈津美が悪戯《いたずら》っぽく瞳を輝《かがや》かせた。

「なにかあったの？」

「渡しちゃった！　手紙」

「手紙って、もしかして正宗先生に？　さっき？」

驚いた如月に、奈津美がうんうんと何度も頷く。

「どーしよう。メールとかじゃなくて手紙だよ？　あり得ない。てかめっちゃ恥ずかしい！」

「すごいじゃないか」

「ちゃんと読んでくれるって！　超ヒかれたらどーしよーかと思ったけど、ホント正宗先生、やさしいよう」

「きっと正宗先生も喜んでいらっしゃるよ」

奈津美の膝には、ビーズがちりばめられた膝かけが載《の》せられている。裾《すそ》の長いワンピースの上から、さらに入念に膝を覆《おお》っているのだ。手術を繰り返す奈津美の左膝は、筋肉が萎《な》え右の膝よりも痩せてしまっている。それを正宗の眼から隠《かく》そうとする少女の健気《けなげ》さが、如月には愛《いと》しくも切なかった。

「よかったね。本当に、よかった」

繰り返した如月のポケットで、ちいさな電子音が鳴る。

「ごめん。僕《ぼく》も行かなきゃ。整形まで…一人で戻れる？」

「大丈夫だよ。話聞いてくれてありがと。じゃあね」

心配顔の如月に、奈津美が笑顔で車椅子を進めた。その慣れた動きが胸に痛い。目元を歪め、如月はナースステーションへと踵《きびす》を返した。


取り出した携帯《けいたい》電話で、時刻《じこく》を確認する。予定より早い電車に乗ったため、時刻はまだ午前六時半だ。

数年前に改築《かいちく》されたばかりの病棟が、目映《まばゆ》い朝日を浴びている。人の気配のない廊下を抜け、如月は事務棟の五階にある更衣室《こういしつ》へ向かった。時間が早いせいか、足を踏み入れた更衣室にも人影はない。

今日も忙しい一日が始まる。

糊《のり》の落ちた白衣に袖を通し、如月は一日の予定を思い描いた。

今日は午前中から、正宗による胃癌《いがん》の摘出《てきしゅつ》手術が予定されている。大がかりな手術になることは明らかで、術後の処理《しょり》も含《ふく》め全てが終わるのは夕方近くだろう。

鞄《かばん》からちいさな紙包みを取り出し、如月は眉根《まゆね》を寄せた。

母が持たせてくれた、弁当だ。

院内の食堂は面会時間の終了と共に閉まってしまうため、遅《おそ》い時間の食事は出来合《できあ》いの弁当か、購《こう》買《ばい》のパンがほとんどだ。二十代の半《なか》ばをすぎ、親が作った弁当を持参《じさん》するのは恥ずかしかったが、外食に飽《あ》きた同僚《どうりょう》たちからは羨《うらや》ましがられた。

首筋《くびすじ》のあたりに視線を感じ、如月が顔を上げる。

更衣室の入り口に、長身の人影があった。細身だが肩幅《かたはば》の広い体つきが誰か、すぐに分かる。

「兄さん……」

思わずもれた自分の声に、如月は慌《あわ》てて唇を引き結んだ。

「…五十嵐《いがらし》先生」

訂正《ていせい》した呼びかけに、五十嵐智紀《とものり》の雰囲気が和《やわ》らぐ。

九年前婿養子《むこようし》に出た兄は、如月とは姓が違った。如月より十歳年上の長兄《ちょうけい》は、同じ正城医院に勤《つと》める内科医だ。

まさか兄と同じ職場《しょくば》で働く日がくるなど、思ってもみなかった。

それぞれが勤務する外科と内科は、連携《れんけい》して治療《ちりょう》にあたることが多い科だ。職場での公私混同《こうしこんどう》を避《さ》けるため、五十嵐は互《たが》いが血縁であることを公《おおやけ》にするのを嫌《きら》った。噂は広がりやすいものだが、五十嵐の結婚が早かったこともあり、自分たちが兄弟であると知る者は少ない。お互いの出身大学や、所属する医局の違いも関係しているのだろう。

「今日も忙しそうだな。家には帰れているのか？」

落ちついた声音で尋ねられ、迷《まよ》わず頷く。

明らかに母親の容貌を受け継《つ》いだ如月に比べ、五十嵐は父親の影響《えいきょう》が色濃《こ》い。中性《ちゅうせい》的な如月と、男らしい鼻筋をした兄とでは、容貌から血縁者と判《はん》ずることも難《むずか》しかった。

愛想《あいそ》笑いとは無縁《むえん》な五十嵐の双眸は、どんな嘘《うそ》も許《ゆる》さない実直《じっちょく》な力に満ちている。そんな兄は、常に如月の自慢でもあった。

「ちゃんと帰れてますよ。今日はちょっと大きな手術が入ってますが…。そんなにくたびれて見えますか、僕」

「いやそんなことはない。…実は如月に渡したいものがあったんだ。私物《しぶつ》を置いておける場所はあるのかな」

「はい。あそこに」

尋ねられ、如月は背後のロッカーを振り返った。

実の兄に姓で呼ばれるのには、いまだに抵抗《ていこう》を感じる。五十嵐が結婚した九年前、如月はまだ高校生だった。当時医局で世話になっていた、准《じゅん》教授の娘に見初《みそ》められたと聞いたことがある。昔から口数の少ない兄だったが、最近は疲《つか》れているのか、表情《ひょうじょう》には暗い影が落ちていた。

「助かった」

手にした紙袋へ目を落とし、五十嵐が呟く。

「できれば家の方へ送ってやりたかったんだが…」

差し出された紙袋には、きれいに包装《ほうそう》された箱が収《おさ》められていた。

「お前の誕生日に渡すつもりだったのに、遅くなって悪かったな」

如月の誕生日は、五月の上旬《じょうじゅん》だ。いまだに誕生日になると、母親は張りきって如月の好物を食卓《しょくたく》に並《なら》べたがる。まさか兄まで、そんなことを覚えているとは思わなかった。

「一昨日、執刀をしたそうじゃないか。食事にでも連れて行きたかったんだが、すまなかった」

おめでとうと、あたたかな声で告げられ、胸が熱くなる。

人一倍厳《きび》しい兄に、わずかでも認《みと》めてもらえたのだと思うと嬉しくて、如月は箱を強く握り締《し》めた。

「執刀って言っても、正宗先生に助けていただきっぱなしで…」

思わずこぼれた名に、はっとする。

五十嵐にとって、正宗の名が快《こころよ》いものでないことは、如月でさえ知っていた。

院長の甥である正宗を、全ての人間が歓迎《かんげい》しているわけではない。五十嵐の岳父《がくふ》であり、今は大学を離れ、正城医院の副院長を務《つと》めている五十嵐秀直《ひでなお》など、その最たる人物といえた。それは同時に、副院長の派閥《はばつ》に組み込まれている兄にとっても言えることだった。

「如月の指導医は、正宗先生だったね。正宗先生に担当していただけるなんて貴重《きちょう》なことだよ。しっかり技術を学んできなさい」

兄の声に苦さが混じったのは、一瞬《いっしゅん》だ。やさしく肩を叩かれ、如月は緊張を解《と》いた。

「ありがとうございます」

「また、連絡《れんらく》する」

立ち去ろうとした五十嵐が、ふと足を止める。

「……それは……」

紙袋を指した兄が、迷うように口を閉ざした。

「……いや、なんでもない。近い内に電話をする。できればそれは、お前の部屋に飾《かざ》ってくれ」

早足に去った五十嵐を見送り、如月は紙袋へ目を落とした。

収められた包みは、ずっしりと重い。兄からものを贈《おく》られるなど、国家試験に合格して以来のことだ。

包みを開いた如月の唇から、ちいさな歓声《かんせい》がもれる。

現《あらわ》れたのは、濃紺《のうこん》の額縁《がくぶち》に守られた、うつくしい版画《シルクスクリーン》だった。

水に浮かぶ果実が、青と白とを基調に描かれている。以前如月が兄との世間話のなかで、気に入っているともらした画家の作品だ。学生だった如月には高額な品物で、手に入れることは諦《あきら》めていた。

しかし五十嵐は、つまらない如月の言葉を覚えていてくれたのだ。

「さぁ、頑張らないと」

贈られた版画をロッカーへと片づけ、自分自身へ呟く。

足早に階段を下り、四階を目指す。

朝の回診《かいしん》も、その後《ご》の打ち合わせも順調《じゅんちょう》に終わり、今日はまずますの滑《すべ》り出しだ。

もし今夜早く帰宅《きたく》できたなら、兄が贈ってくれたあの絵を飾ろう。そう考える日は決まって、患者が容体《ようだい》を崩《くず》したり、急患《きゅうかん》が運ばれて来るものだ。しかし今日はなにが起きても、前向きに乗り越えられそうな気がする。

足取りも軽く、如月は目的の部屋の前に立った。手に提《さ》げた紙包みを、改めて見下ろす。

事務棟と呼ばれる建物の西端に、正宗の部屋はあった。

正宗の若さで専用《せんよう》の個室を持つなど、異例《いれい》中の異例だ。古い資料室の一つを、男がいつの間にか占《せん》拠《きょ》してしまったという噂も、まことしやかに語られている。ことの真偽《しんぎ》は定かではないが、正宗ならば、と頷けるから不思議だ。

「正宗先生、よろしいですか?」

合図《ノック》に応えた声に安堵《あんど》し、扉を開く。

意外なことに、部屋には明かりが灯《とも》されていなかった。窓から射し込む光だけに照らされて、部屋の二面を占《し》める本棚《ほんだな》と資料棚が佇《たたず》んでいる。その棚の間に埋《う》もれるように、古い机《つくえ》が一台、置かれていた。

華美《かび》な点など一つもない、ごく平凡《へいぼん》な事務机だ。机の前には、やはりどこかから払《はら》い下げられてきたらしい、古い応接《おうせつ》セットが据《す》えられている。

ソファの背に尻を引っかけ、正宗が淡《あわ》い日差しのなかに立っていた。

「もう準備《じゅんび》の時間？」

正宗の声にふと違和感《いわかん》を感じ、如月が足を止める。苦い匂いが、鼻先に触れた。

よく見れば、正宗の指に煙草《たばこ》が挟《はさ》まれている。

初めて目《ま》の当たりにする姿だった。

「ああ、ごめん。如月は煙草、吸わないんだったよね」

如月の視線に気づいたのか、正宗が煙草を示す。一口だけ、最後にゆっくりと一服《いっぷく》し、正宗はそれを灰皿へ押しつけた。

「すみません。先生が煙草吸われるなんて、知らなかったので…」

消して欲しいだなどと、思ったわけではない。本当に驚いただけなのだ。

「うん、普段《ふだん》は喫《や》らないんだけど、なんとなく、ね。それより、どうしたの」

煙草のせいか、いつもより低く感じる正宗の声に、如月は手にしていた紙袋を差し出した。

紙袋の中身は、母親が持たせてくれた弁当だ。凝《こ》り性な母は料理が上手《うま》く、たまに持たされる差し入れを、心待ちにしてくれる同僚もいた。先日そんな話題を耳に挟んだ正宗が、興味を持ってくれたのだ。機会があれば、と約束していたが、やはり真《ま》に受けて弁当を持ち込むのには、勇気が必要だった。

「ご用意でお忙しいところすみません。あの……これ、前にお話しした、弁当です。夜食《やしょく》にでもしていただけたらと思って」

背の高い体を起こし、正宗が意外そうに眼を見開く。

「先生が興味《きょうみ》を持って下さったって話したら、母が喜んでしまって…。よかったら食べて下さい」

もう三十分もすれば、手術の準備が始まる。

今日の手術の規模《きぼ》を考えれば、全てが終わる頃には昼食は勿論夕食も取れないまま、食堂が閉まってしまうだろう。無論正宗が、女性たちからの差し入れに不自由がないことは承知《しょうち》の上だ。

「え？　如月が作ったとか買ってきてくれたとかじゃなくて？」

袋を覗き込んだ正宗に、如月が慌てて首を横に振る。

「まさか。全部、うちの母が作ったものです。口に合わなかったらすみません」

一人暮らしの経験のない如月は、台所《キッチン》になど立ったことがない。包丁《ほうちょう》を握ったとしても、食べられるものが作れるとは思わなかった。

「……如月のお母さんが、本当に…」

静かに、正宗が呟く。

その声音は、どこか冷たい感嘆《かんたん》を含んでいただろうか。

「…やさしいお母さんなんだね。如月のお母さんは」

顔を上げた正宗が、にっこりと笑った。

「俺が無責任《むせきにん》に羨ましがっちゃったから、迷惑《めいわく》をかけたね。でも、ありがとう。…なんか、如月がそんなふうに…真っ直ぐ育った理由が、分かる気がする」

「そんなこと……」

口籠《くちご》もった如月の鼻先に、再びなにかが焦《こ》げるような臭《にお》いが触れる。煙草は、消されたはずだ。不思議に思い巡らせた視線の先に、灰皿が映《うつ》った。

銀色の灰皿から、白い煙が立ち上っている。

「ま、正宗先生！　火が…」

燃えているのは、煙草だけではない。二つに破《やぶ》り捨てられた、封筒《ふうとう》だ。

半ば焼けてしまっているが、元はきれいな桜色の封筒だったのだろう。最後に残った火が、今岡奈津美という名前を舐《な》めていた。

「ああ、それか」

驚く如月を眺《なが》め、正宗がのんびりと応える。

「大丈夫だよ。もう消えるだろうから」

「そ、そうじゃなくって、これ、患者さんからいただいた手紙なんじゃ…」

焦《あせ》って灰皿から取り出そうにも、もうほとんどは灰になってしまっている。

「いいよほっといて。捨てたやつだから」

今度こそ、如月は耳を疑《うたが》った。

この人は、今なんと言ったのだ。

正宗は手紙を破り、焼き捨てようとしているのか。

これを書いてくれたのは、困難な病気と闘《たたか》う少女だ。それを捨てるなど、如月の知る正宗の姿からあまりにもかけ離れている。

「どうして、こんな……」

なにか特別な意図《いと》があるのか。答えを求めるように、如月は正宗を見た。

しなやかな正宗の指が、ふるえながら口元を覆う。白衣を纏った男の肩が、小刻《こきざ》みに揺れていた。

「……正宗先生…?」

動揺《どうよう》する声音《こわね》に、訝《いぶか》る響きが混ざる。

眉根を寄せた如月を見遣《みや》り、正宗が我慢《がまん》しきれないといった様子で噴《ふ》き出した。

笑って、いる。

徐々《じょじょ》に大きくなる男の笑い声を、如月は茫然《ぼうぜん》と聞いた。

「悪い、悪い。お前があんまり、真剣《しんけん》な顔をするもんだから…」

広い肩幅を揺らし、正宗が明朗《めいろう》な声で謝罪《しゃざい》する。

「…なにを笑っていらっしゃるんですか」

声を上げて笑う理由など、如月は一つも思いつかない。当惑する如月の瞳を、正宗が覗き込んだ。

悪寒《おかん》が、背筋を走る。

冷たい色だ。

如月を捕らえる正宗の双眸は、常ににこやかな先輩のそれではない。笑みの形に歪む眼はどこか残《ざん》忍《にん》な刃物《はもの》めいて、如月の胸を衝《つ》いた。

「面白《おもしろ》い奴《やつ》」

正宗が、呟く。

「一体…」

男はまだくすくすと、喉に不快《ふかい》な笑いを溜めていた。それを止めようにも、如月には指一つ動かせない。

「いらなかったんだ」

なんの苦痛《くつう》もなく、声は響いた。

「俺がもらったものを、どう扱おうと勝手《かって》だろ？　いらないから捨てた。それだけだよ」

「ど、どうしてです。正宗先生は約束されたんでしょう？　この手紙をくれた娘《こ》に、ちゃんと読むって…！」

速くなる呼吸《こきゅう》に耐《た》え、如月が喘《あえ》ぐ。懸命さを隠そうとしない如月を、正宗が眼を細め眺め回した。

「患者さん本人に、欲しくないって言うのはかわいそうでしょ。一応医者として、気は使ったつもりなんだけど」

怒《いか》りの塊《かたまり》が、かぁっと喉元へ込み上げる。

こんなにも強い怒りを、感じたことがあっただろうか。考えるより早く、体が動く。

「この……っ」

固めた拳《こぶし》で、殴《なぐ》りつけた。

相手は先輩だ。その上大学病院の医局にも、この院内にも、大きな影響力を持っている。分かって

いたが、止められなかった。

重い痛みが、如月の拳にも走る。

わずかに、正宗が足元をふらつかせた。しかし男が敢《あ》えて避《よ》けなかったことは明らかだ。苦痛に呻《うめ》きもせず、男の眼が如月を見る。

「なにが医者として、だ！」

大きな罵《のの》りが、唇から迸《ほとばし》った。

「それがあなたの医者としての義務《ぎむ》感だって言うなら、あなたは最低な医者だ！」

悔《くや》しくて、涙《なみだ》があふれそうになる。

自分は正宗を、美化《びか》しすぎていたのか。突出した手腕と同じだけ、人格《じんかく》的にも非の打ちどころがない、と。幻想《げんそう》を打ち砕き、突きつけられた現実に言い様のない苦しさが込み上げる。

「最低だ……」

やさしげな顔立ちを歪め、如月は呻いた。

激昂《げきこう》する如月を、正宗が無感情な眼で眺める。殴られた頬へと触れた男の眼には、痛みよりも、殴られたこと自体を不思議がるような色があった。

「如月は、俺に逆《さか》らうつもりなの？」

静かな声に、体がふるえる。

それは院内での立場を、示唆《しさ》しているのか。

胸の怒りをさらに煽られ、喉の奥が熱く渇《かわ》く。返事の代わりに、如月はもう一度拳を振り上げた。

殴りつけようとした拳ごと、頑丈《がんじょう》な腕が手首を捕らえる。

「…ッ！　だったらどうだっていうんです！　首にでもしますか!?　あなたみたいな医者になるくらいなら、こんな病院…！」

もっと他に、的確《てきかく》な非難《ひなん》の言葉があるはずだ。しかし思考《しこう》が追いつかない。

正宗を殴った右の拳が、じわじわと痛んだ。どんな状況《じょうきょう》であろうと、自らの主張《しゅちょう》を暴力《ぼうりょく》で訴《うった》えるなど最低な行為だ。

「…首になっても構《かま》わない…、か」

口端《こうたん》に滲《にじ》んだ血を、正宗がぺろりと舐める。

「お前みたいな奴は初めてだよ、如月。俺、気に入っちゃったな」

にっこりと笑った男の双眸に、背筋が凍《こお》った。男の眼は少しも、笑ってなどいない。

これ以上この場に留《とど》まる気持ちになれず、踵を返す。逃げ出そうとした如月の腕を、大きな掌が掴み取った。

「……っ…！」

「待って！　如月！」

耳元で上がった声に、ぎくりとする。そこには聞いたことのない、激しい感情の色があった。

「お前に教えて欲しいことがある」

唸《うな》るような息遣いが、如月の肩口を舐める。

正宗の声は、先刻までとは別人のように、真摯《しんし》に響いた。

「…如月だったらどうする。患者さんからもらった手紙は、ちゃんと読む？」

当然だ。怒鳴《どな》ろうとして、如月は不覚《ふかく》にも言葉を詰まらせた。

自分を見下ろす、正宗の双眸の色はどうだ。

つい今し方までの、冷えきった気配などまるでない。そこに浮かぶのは、行き場のない葛藤《かっとう》だけだ。

「あ…当たり前じゃないですか！　どんな気持ちでこれを書いてくれたかを考えれば、捨てるなんてこと、できません」

奈津美が手紙を渡すために、どれほど勇気が必要だったたか。応えるかどうかは別としても、その気持ちを裏切《うらぎ》ることはできなかった。

「如月」

強く引き寄せられ、如月が身を捻《ひね》る。

「放《はな》…」

「俺だって分かってる。……分かってるつもりだ！」

苦しげな叫《さけ》びが、顳顬《こめかみ》の真横を打った。初めて耳にする声の強さに、男を見る。

「…今岡さんがどんな気持ちで手紙を書いてくれたか、そんなこと…。でも俺は…、医者として、この娘だけを特別扱いするわけにはいかない」

絞《しぼ》り出された声の終わりが、鈍《にぶ》く掠《かす》れた。

見上げた正宗の双眸には、はっきりとした悔恨《かいこん》の苦さがある。

「て、手紙を読むこと自体は、特別扱いでもなんでもありません」

上擦《うわず》る声で応え、如月は正宗の反論に身構えた。しかし男は、眉間《みけん》に深い皺《しわ》を刻んだだけだ。きつく手首を握ったきり、じっと如月を凝視《ぎょうし》する。

「……すまなかった」

もらされたのは、言い訳でも嘲笑《ちょうしょう》でもない。

与えられた謝罪に、如月はぎょっとした。

「ま、正宗先生…」

なんなのだ。この豹変《ひょうへん》ぶりは。

先程《さきほど》の正宗は、確かに笑っていた。慌てる如月を、面白い奴、と揶揄《からか》いもした。

「俺が、思い上がってた。すまない…」

深く、男が頭を下げる。

悄然《しょうぜん》とした様子は、恐《おそ》ろしい嘲笑とも、如月が知る先輩の姿とも違っていた。

「手術を控《ひか》えて、緊張してたせいもあるけれど……。ごめん。言い訳できることじゃない。本当に、悪かった」

手術。

男の言葉に、喉の奥が冷える。

正宗はこれから、大きな手術を控えているのだ。自分の失敗を悟《さと》り、如月は言葉をなくした。

正宗は常に神の如《ごと》く、重圧《じゅうあつ》とは無縁だと自分は思い込んではいなかったか。先日、男から与えられた言葉が蘇《よみがえ》る。正常な人間ならば、緊張するのは当然だ、と。それは正宗自身にも向けられたものだったのかもしれない。

「すみません…！　頭を上げて下さい、先生。私の方こそ無神経《むしんけい》でした。こんな時に部屋に入り込んで……」

「如月はなにも悪くない。どうしても手術のことを考えると苛々《いらいら》してしまって…。お前に八つ当たりするつもりはなかったんだ。それに、手紙をくれた娘にも……」

唇を噛《か》む正宗に、如月は自らの過《あやま》ちを呪《のろ》った。

患者の好意を踏みにじる行為は、無論許されない。だが自己中心《じこ》的な正義《せいぎ》感を振り回し、手術前の正宗をさらに追い詰めたのは自分だ。

「正宗先生……」

「…ごめん如月。中途半端《ちゅうとはんぱ》にはしたくないんだけど……」

正宗の視線が、ちらりと時計を確かめる。手術の準備を始めなければならない時刻が、迫っていた。

「申し訳ありません。私の方こそ、感情的になって、先生に…暴力を…」

「如月、今日の夜、予定を空《あ》けてもらえないかな？」

言葉を遮《さえぎ》られ、如月が驚いて正宗を見る。

「お詫《わ》びに…って言うのも変だけど、よかったら食事をご馳走《ちそう》させてもらいたいんだ。勿論この弁当も大切にいただくから」

逸《そ》らすことなく覗き込まれ、如月は返答に窮した。断《ことわ》ることなどできるはずもないが、同時に真に受けてよいものなのか。

「お詫びだなんてとんでもありません。申し訳ありませんでした、私は…」

「……俺と二人じゃ、嫌かな」

視線を落とした正宗に、如月が慌てて首を横に振る。もらされた声は、決して皮肉なものではない。

「い、いえ。是非《ぜひ》ご一緒《いっしょ》させて下さい」

大きく頭を下げた如月に、正宗の口元が初めて綻《ほころ》ぶ。

いつもと同じ、男の顔だ。

「ありがとう。嬉しいよ」

屈託《くったく》のない笑みに、如月が再び深く、頭を下げる。


ひやりとした感触《かんしょく》に、目を瞑る。

熱を帯《お》びた肌《はだ》へ触れる、布の冷たさが心地《ここち》好《よ》い。

大して飲んだつもりはないのに、血液《けつえき》中のアルコールがとろとろと思考を奪《うば》った。こんなになるまで酒を飲むなど、如月には初めての経験だ。

急患が入らなかったことを幸《さいわ》いに、正宗に誘《さそ》われるまま食事に出た。二人きりの席に緊張する如月をよそに、正宗の話術は巧《たく》みだった。昼間の一件を、男は改めて詫びてくれた。

無論謝罪すべきは、如月の方だ。先輩に暴力を振るうなど、弁明《べんめい》のしようがない。繰り返し非礼を詫びた如月に、正宗は非は全て自分にあると首を横に振った。

大きな手術を終えたためか、男は憑《つ》き物が落ちたように晴れやかな顔をしていた。いつもの、正宗だ。

安堵感から、勧《すす》められるますますごしてしまった。尤《もっと》も謝罪程度《ていど》で、自分の暴力が許されるとは思っていない。どんな処分《しょぶん》を下されようと、それは自らが招《まね》いた結果だ。いずれにせよ、正宗に幻滅《げんめつ》するより余程《よほど》いい。

この瞬間《しゅんかん》も、自分は正宗が尊敬に値する人間であることを切望している。そんな身勝手な憧憬《どうけい》を押しつけられる男こそがいい迷惑だろう。

ぼんやりと瞬《またた》いた如月の瞼《まぶた》へ、冷たいものが触れる。

さらりと乾《かわ》いた、指先だ。気持ちいい。

そっと頬を包まれて、如月は初めて自分が広い寝台《ベッド》に横たわっていたことに思い至《いた》った。

「如月」

やさしい声が、名を呼ぶ。

聞き慣れた声の甘さに、如月は赤くなった目を開いた。

「頭、痛くないか」

耳元で尋ねられ、ちいさく首を横に振る。

何故、ここに正宗がいるのか。

そもそも自分は、いつ寝台へ辿《たど》り着いたのだろう。

「よかった」

吐息《といき》混じりの声が、耳朶《みみたぶ》をくすぐる。寝返《ねがえ》りを打とうとした如月の唇へ、冷たい唇が触れた。

静かに合わせせられた感触に、思わずうっとりと体が弛緩《しかん》する。

それが正宗の唇であることに気づいても、如月はしばらく動けなかった。

「如月…。お前、本当に素直な奴だな。すごく、可愛い」

低い声音が肌を撫で、再び唇が重なってくる。

「ちょっとフライング気味なのは謝《あやま》るけど、お前も無防備《むぼうび》すぎるよ」

「ぁ……」

顔を上げた正宗が、ぺろりと自らの上唇を舐めた。ぬれた舌の色が、目に映る。

「正…宗先生…、なにを……」

アルコールに鈍る思考で、如月は男を遠ざけようともがいた。体を起こしたいのに、頭が重くてぐらぐらする。

ここは、どこだ。

状況がまるで摑めず、視線ばかりが彷徨《さまよ》った。

「抱《だ》くんだよ。俺が、お前を」

言葉の意味を理解する間もなく、正宗の口が唇を塞《ふさ》いでくる。

「…ん……」

歯を嚙み締めようにも、唇の内側を舐められると顎《あご》が痺《しび》れた。音を立てて動く舌が、すぐに歯列の奥へと割り込んでくる。

口いっぱいに含まされた男の舌に、どろりと体が重さを増した。

「ふ……は…ぁ…」

胸元へ伸びた指が、逃げようとする体からシャツの釦《ぼたん》を外《はず》してゆく。

「無理だと思うけど、急に動かない方がいいよ。怪我させちゃうと怖《こわ》いから」

「やめ……」

「思ったとおり、きれいな体だ」

肝斑《しみ》一つない平らな胸を撫で下ろし、正宗が呟いた。

「や…、触る…な……っ」

腹《はら》を押した手が、ファスナーを探《さぐ》ってくる。足をばたつかせ拒《こば》もうとしたが、下着ごと着衣を引き下ろされた。

「っ……」

混乱《こんらん》に、息が乱《みだ》れる。血流が顳顬を打つたび、痛みが頭蓋骨《ずがいこつ》で暴れ回った。

なんだ、これは。

女のように、組み敷《し》かれている。しかも自分を裸《はだか》に剝《む》いているのは、同じ職場の先輩だ。

陰毛《いんもう》を掻《か》き分けた指に、如月は尖《とが》った声を上げた。

「こっちも、きれいだな。食べちゃいたいくらいだ」

性器《せいき》をつままれ、大きく開かれた脹脛《ふくらはぎ》が硬直《こうちょく》する。正宗の指が、剝き出しにされた股間《こかん》を探っていた。

あの指が。

そう考えた瞬間、どうしようもない恥辱《ちじょく》に、ぞっと全身へ鳥肌が立った。

メスを握る、長い指だ。

「…ぃ……」

性器を包む掌に握力《あくりょく》を加えられ、締めつけられる痛みと気持ちよさに胸が喘ぐ。

「ぁ……、手を……、どうし…て…」

言葉にならず、意味のない喘ぎだけがもれた。

「如月は、男と寝たことある?」

やさしく問われ、思わず首を横に振る。ちいさい頃から、自らの容貌が女性的であることは知っていた。だがだからといって、同性の肉体に興味を持ったことは一度もない。

「よかった。俺は如月の、最初の男になれるわけだ」

満足そうな正宗の唇が、ひどく残酷《ざんこく》な形に歪む。

昼間見たあの硝子球のような眼と、今自分を組み敷く男とが、恐怖《きょうふ》を伴《ともな》って符合《ふごう》した。

耳元でどくどくと、恐ろしい速さで自らの鼓動が聞こえる。器用な指先で性器の割れ目を掻かれると、薄い体が反《そ》り返った。

「ばかな…ことは…」

「正城に、お前を連れてきたのは正解だったよ。医局に入ってきたときから思ってたんだ。随分《ずいぶん》きれいなのがきた、って…」

正城医院へ、連れてきた。

自分が正城医院に配属された経緯を、如月は知らない。

人員の選定《せんてい》に、正宗が関《かか》わっていたというのか。

同じ医局に籍を置いてはいたが、大学病院での研修医時代、自分と正宗の個人的な関わりは皆無《かいむ》と言えた。如月にとって正宗は、あくまでも雲の上の人のような存在だった。その正宗が、自分を選んだ。

何故。口調に滲むのと同じ、気紛《きまぐ》れか。

「熱心で、真っ直ぐで…。どんな奴なのかと思ったら、本当にお前、面白い」

細められた眼の輝きに、悲鳴がもれた。

「連れてきてよかったよ。如月が誰かのものになる前に、俺が抱けて…」

「黙《だま》…れっ…。僕が、昼間……、正宗先生に、あんなことをした…から…」

伸ばした指が、正宗の肩へと食《く》い込む。顔を上げた男が、心外《しんがい》そうに眉をしかめた。

「殴られた仕返しに、セックスしようとしてるって？　そこまで俺は物好きじゃないよ。確かにぐーで殴られたのは、効《き》いたけど」

奥歯を噛み締め、如月が拳を握る。渾身《こんしん》の力で振り回した拳を、正宗が首を傾けて避けた。

「危《あぶ》ないよ如月。でも怒《おこ》ったときのお前の目、きらきらしてる。きれいだね。猫みたいだ」

笑う男が、寝台からなにかを拾《ひろ》い上げる。ベルトだ。

「放せ……！」

暴れる足首を摑まれ、膝を折られる。その上からきつくベルトを巻かれ、如月は顎を突き出した。太腿《ふともも》と脛《すね》を括《くく》るベルトが皮膚に食い込み、開かれた股関節《こかんせつ》が悲鳴を上げる。手を伸ばしベルトを外そうにも、指先に力が入らない。

「似合うね。今度はもっと、ちゃんとしたので縛《しば》ってあげるよ。なんなら首輪とか、買ってあげようか？」

ぞっと、血の気が引いた。冗談とは思えない笑みを覗かせ、正宗が太腿のつけ根を吸ってくる。

「ッ……！　……ぁ…っ」

そのまま性器の先端《せんたん》を舌でいじられ、甲高《かんだか》い声がもれた。

「…ぁ……っ、舌…や…っ」

「なに？　吸われる方が気持ちいい？」

甘やかす声と共に、先端の割れ目をきゅっと吸われる。体が撥《は》ね、如月は無意《むい》識《しき》に腰《こし》を突き出した。

「い…っ…」

喉の奥を鳴らし、正宗がぬるりと口腔《こうくう》から性器を引き出す。安堵と同時に、信じられないような喪《そう》失感《しつかん》に声が出た。

混乱とわけの分からない高揚《こうよう》に、ぽつりと一粒《ひとつぶ》、眦《まなじり》を涙が伝う。

「泣かなくてもいいよ。…でも、泣いた顔も可愛いな」

「こ…の……、異常者《いじょうしゃ》…っ」

吐き捨てた怒声《どせい》に、正宗の双眸が鈍く輝いた。

そっと膝頭を撫でた男の手が、縛られた足を押し上げてくる。不自由な体は簡単《かんたん》に折りたたまれ、尻が為《な》す術《すべ》もなく上を向いた。

「や…っ…」

「膝を大きく開いた方が楽だよ。俺によく見えるように。できるだろ?」

膝を開いていなければ、重みで胸が圧《お》され、苦しい。無様《ぶざま》に開かれた股《また》の間で、唾液《だえき》にぬれた性器がひくりとふるえた。

「見る…な……」

気が狂《くる》いそうだ。

いやらしく充血した性器が、自らの視界《しかい》で揺れる。性器だけでなく、その奥にある窪《くぼ》みまでもが、正宗の視線に舐められた。

「どうして。自分でも見てごらん。すごいきれいな色をしてるだろ?」

猥褻《わいせつ》な囁《ささや》きが、信じられない場所から上がる。

持ち上げられた尻を、正宗の親指が左右に割った。広げられた尻の狭間《はざま》を、なまあたたかい舌がぬらす。

「ひ……っ」

舐められたのだと知り、悲鳴がもれた。窄《すぼ》まった場所をぐりぐりと突かれ、全身が硬直する。

「暴れない方がいいな。どうせ動けないんだろ? 俺もあんまり、手荒《てあら》なことはしたくないんだ」

男の声は笑っていた。

だがそれは、脅《おど》しなどではない。

声音に含まれた残酷な意図に、ぞっと鳥肌が立った。

両手の親指で穴の縁を捲《めく》られ、広げられる。呪わしいほど器用な指だ。引きつる場所を、唾液にぬれた舌に音を立てて舐められた。

「あ…ぁ……、痛……」

「……、ぁ…、入…る…」

男の舌で突かれるたび、それが少しずつ入り込んでくる。興奮《こうふん》するなどあり得ないのに、触れられないまま、性器からぽたぽたと熱いしずくがこぼれた。

「しっかりと口を噤《つぐ》んでるくせに、舐めてやると悦《よろこ》んでひくひくしてる。可愛い」

恥ずかしい様子を教えられ、ぶるっと爪先《つまさき》にまでふるえが走る。アルコールで上気していた肌が、さらに鮮《あざ》やかな桜色に染まった。

「如月がこんな忙しい仕事じゃなかったら、時間をかけて拡張《かくちょう》してやるとこなんだけどな」

「う……」

残念《ざんねん》そうに呟き、正宗が充血した穴を指で押す。つぷんと音を立てて、指がやわらかな肉を割った。

自分のそこがどんな形に広げられ、太い指を呑《の》み込んでいるのか。その全てを、正宗が注視《ちゅうし》している。

「三日ぐらい部屋を取って、ココに俺のが楽に入るようになるまで、器具を使って広げてやるんだ。如月は感度がよさそうだし。すぐにセックスが上手になるよ」

「…ぁ…、やめ……」

屈服《くっぷく》を示す懇願《こんがん》が、ぬれた唇からこぼれた。

これが本当に、尊敬する先輩なのか。悪い夢だと言って欲しい。

「そんなに怖がらないで。気持ちよくてどうしようもないって、自分から欲しがれるようになるまで、ちゃんと俺が仕込んであげるから」

反り返った性器を摑まれ、思わず甘えた声がもれる。放ってしまいたいような痺れに、腰がふるえた。

「でも、今日は時間もないからな」

やさしく宥《なだ》められ、如月の目に希望が過《よぎ》る。これで終わりにしてもらえるのか。

子供のように表情を変えた如月を、正宗が満足気に見下ろす。

「それに如月の内部《なか》、道具で広げるのも惜《お》しそうだ」

そっと乱れた髪を撫でられ、胸が喘いだ。

「少し痛いかもしれないけれど、やさしくするから。我慢して」

囁いた男が、ひやりとした液体を尻へと垂《た》らす。冷たさに身を竦めた如月は、救《すく》いを求め正宗を見た。

「なに…を……」

硬《かた》い肉が、押しつけられる。ぬるりとぬれた、正宗の陰茎《いんけい》だ。

「や…！　…ッ…あぁ…！」

「愛してるよ。如月」

毒のような甘さが、耳元へと注がれる。ゆっくりと太い陰茎に肉を割られ、如月は悲鳴を引き絞った。

白い喉が、反り返る。

「あ…っ、ああ……！　痛…い…っ」

重い体を押し退《の》けようと、力の萎えた腕を持ち上げた。しかし正宗は体を揺すり上げ、入り込んでくる動きを止めない。

「すごい。入ってるよ」

如月の悲鳴に頓着《とんちゃく》せず、正宗が呻く。時間をかけて腰を進められ、腹の底を脈動《みゃくどう》する異物が迫り上がった。硬くて、そしてやわらかい男の肉だ。

「……ひ…ぁ…やめ……」

腰骨が密着《みっちゃく》するほど深く進んだ正宗が、今度は慎重《しんちょう》に陰茎を引き出す。小刻みな出し入れを繰り返されて、如月は声を上げて泣いた。

「俺に合わせて。…そう。ゆっくりでいいから。できるでしょ？」

口吻《くちづ》けの合間に囁かれ、子供のように首を振る。

唇を合わせているだけで苦しい。それなのにさらに広げられた肉を上下に揺すられ、腰が浮いた。

「う……あ…っ」

ぎゅっと収縮《しゅうしゅく》した粘膜《ねんまく》のなかで、男が明らかに太さを増す。苦しみながら身悶《みもだ》え、如月は快楽《かいらく》とも苦痛ともつかない声を上げた。

「いいよ。如月は筋がいい」

やさしく笑われ、全身に汗《あせ》が滲む。

肉をこすり合わせる音と、自分の泣き声だけが鮮明《せんめい》に聞こえた。尻の奥で動く正宗の感触を残し、体の内側が急速に空虚《くうきょ》なものになってゆく。

「……ぁ…」

弱い声を上げ、如月は涙で濁《にご》る目を閉じた。

「好きだよ」

笑うような抑揚《よくよう》を帯びた声が、胸を抉《えぐ》る。


中庭に面した窓を、細い雨が叩いた。

音もなく降《ふ》る雨は、ぬるい湿度《しつど》で夕暮れを待つ空を覆っている。

「如月、今週カンファレンスの発表、当たってるんだっけ。資料見つかりそう？」

「え…？　あ、あぁ…」

前を歩く大谷武《たけし》の声に、如月は青褪《あおざ》めた顔を上げた。

回診を終えた足取りが、ずっしりと重い。霞《かす》みそうになる意識を繋ぎ止めるため、繰り返しコーヒーを飲んだ胃もまた重かった。

医局へ戻っても、まだ仕事はたくさんある。考えるだけで、苦い息がもれそうだ。

「……おい、如月。お前本当に大丈夫か？」

よく動く目で、大谷が如月を覗き込む。大谷は冗談が好きな大らかな男で、如月より三つ年長の外科医だ。

「大丈夫。ごめん、ただの寝不足だから心配ないよ」

前髪を掻き上げ、如月が首を振る。

大谷が目を曇《くも》らせるのも、無理はない。打ち合わせに立ち寄ったナースステーションでも、代わる代わる顔色の悪さを指摘《してき》された。

自分がいかに酷《ひど》い顔色をしているかは、鏡《かがみ》を見なくても分かっている。

昨晩《さくばん》の記憶《きおく》が胸を舐め、如月は唇を噛み締めた。

同じ職場の先輩に食事へ誘われ、ホテルで関係を強要された。他人の身の上話ならば、なにを陳腐《ちんぷ》なと、笑い飛ばすところだろう。しかもその先輩と言うのが、同性なのだ。

尊敬し、誰よりも憧れていた先輩外科医に、自分は為す術もなく犯《おか》された。

思い出すたび、これが現実かと疑いたくなる。

だが夢でない証拠《しょうこ》に、如月の左足にはベルトの痕《あと》が、無残《むざん》な痣《あざ》となって残されていた。自分の体のなかにも、まだ異物が残っているような心地がする。舌と指、そして正宗自身によって開かれた尻は、歩くのにさえ苦痛を伴った。

女性に不自由のない正宗を、男の自分が警戒《けいかい》していなかったのは当然だろう。

何故正宗が、自分などを抱いたのか。如月には全く理解ができない。

殴られたことへの腹癒《はらい》せか。だが仕返しのためならば、男の自分を抱く必要はない。正宗にはもっと、簡単な手段が幾らでもある。

どんなつもりにせよ、最悪だ。

「休憩室《きゅうけいしつ》かどっかで横になった方がよくないか」

見かねた大谷が、如月の肩へと腕を伸ばす。厚い大谷の掌を肩に感じたのは、一瞬のことだった。

「……ぁ」

他方から伸びた腕が、大谷から如月の肩を奪い取る。

驚く大谷に、にっこりとその男が笑った。

「どうしたの如月。こんな廊下の真んなかで。もしかして具合が悪いの？」

なめらかな声音に、ぎくりと痩身《そうしん》が強張《こわば》る。

途端《とたん》に、吐き気にも似た悪寒が込み上げた。昨夜、何度泣いて許しを求めても、如月を苛《さいな》んだ、甘い声音だ。

「正宗先生！　なんか如月の奴、今日一日ずっと具合が悪そうなんですよ」

如月に代わり、大谷が訴えた。

「そうなんだ。…よくないね」

心配そうに頷いた正宗が、如月の背中を撫でる。

男の掌の感触に、昨夜の記憶が鳥肌と共に蘇った。

「前に如月が言ってた症例《しょうれい》、資料が見つかりそうだったから伝えようと思ったんだけど…。少し休んだ方がよさそうじゃない？」

蒼白《そうはく》になった如月を、正宗が促す。我《われ》に返り、如月は男の手を打ち払った。

「は、放して下さいっ」

上擦った拒絶《きょぜつ》に、正宗ではなく大谷がびっくりする。

何故如月が正宗の手を払い除《の》けたのか、大谷には理解できるはずがない。通りかかった看護師たちも、如月の剣幕《けんまく》に何事かと足を止める。

だが正宗は気分を害した様子もなく、再び如月の肩へ腕を伸ばした。その笑みは、昨日までの気さくな先輩医師の顔と、なんら変わりがない。

「自己管理《かんり》も仕事の内だからね。無理はよくないな。資料を取りに来るついでに、俺の部屋で休んできなよ」

言葉と共に、するりと腕が体へ絡《から》む。

「や、やめろ！　なにをするんだっ！」

驚き、如月は人目があることも忘れ叫んだ。屈《かが》んだ正宗の腕が膝裏《ひざうら》へ回り、暴れる間もなく足元が浮き上がる。信じられない。

「放…！」

「駄目じゃないですか、如月先生」

ぴしゃりとした看護師の声に、如月はぎょっとして動きを止めた。

「正宗先生がこんなに心配して下さってるのに」

「そうですよ、如月先生」

いつの間にか集まっていた看護師たちが、口々に如月を窘《たしな》める。彼女たちの目には、正宗は親切な先輩としか映っていないのだ。

違う。この男は、後輩を酒浸《さけづ》けにして犯すような最低な人間だ。だが真実を叫んだところで、如月の言葉を誰が信じてくれるだろうか。

「看護師さんたちの言うとおりだよ。ちょっと休むだけだから」

抱き上げた腕に力を込め、正宗が穏《おだ》やかに促してくる。ね、と、低い声で囁かれ、体の奥にふるえが走った。

男の眼は決して、笑ってなどいない。

全身へと刻まれた苦痛の記憶が蘇り、如月が息を呑む。

「そうさせてもらえよ如月。お前本当に顔色よくないよ」

大谷までもが同調し、心配そうに如月を見た。

被害者《ひがいしゃ》は如月であるはずなのに、誰も自分を助けてはくれない。

「じゃあ、行こうか」

満足そうに眼を細めた正宗が、大谷と別れ、渡り廊下へ足を向ける。如月を抱き抱えたまま廊下を行く正宗を、擦《す》れ違う患者や看護師たちが微笑《ほほえ》ましそうに振り返った。

「正宗先生、どこへ…」

この先にあるのは、事務棟ではなく入院病棟だ。

正宗の部屋へ向かうのではないのか。抗《あらが》う如月を気に留めることなく、正宗が病室の一つを開く。

広い室内に、人の気配はない。

下ろされたのは、院内でも屈指《くっし》の豪華《ごうか》な個室だ。薄型《うすがた》テレビが置かれた部屋には、清潔《せいけつ》なソファまでもが用意されている。

「下だけ脱いで、うつぶせになりなよ」

耳の真後ろで、やわらかな声が囁いた。

「じ、冗談はやめて下さいっ」

院内であることも忘れ、鋭《するど》い叫びを上げる。

隣室《りんしつ》や廊下には、人がいるはずだ。分かっていても、感情を制御《せいぎょ》できなかった。

今日如月を職場へ駆《か》り立てたのは、職務《しょくむ》に対する使命《しめい》感と怒りだ。

明け方朦朧《もうろう》となる如月に、正宗は欠勤《けっきん》するよう命じたが、無論如月は首を縦《たて》に振らなかった。そんな自分の反応《はんのう》さえ、正宗には予想し得たものだったのだろう。いつの間にか用意された新しい着替えを与えられ、車で病院へ送られた。

悔しさに、目眩《めまい》がする。

出勤して以後の、正宗の上機嫌《じょうきげん》ぶりもどうだ。いつも以上ににこやかな顔を目にするたび、叫び出したい衝動《しょうどう》に駆られた。

「冗談？　俺、冗談言ってるみたいに聞こえる？」

昨日あれだけ、本気だって教えたのに。

心外そうに嘆息《たんそく》をもらした男を、如月はきつく睨《にら》みつけた。

「…辞《や》めさせるためですか？　確かに暴力を振るったのは、僕に非があります。だからってあんな…」

許せなかった。あんなことをした正宗にも、易々《やすやす》と男の思惑《おもわく》にはまった自分にも腹が立つ。憧れていたのに。心の底から。

できることならもう二度と、顔を合わせたくなかった。しかし同じ職場で働く以上、無理な望みだ。どんな申し立てをしても、今すぐ大学病院へ戻れる可能性などない。是が非でも離れるとなれば、今日にでも医局を辞めるしかなかった。

「殴られた腹癒せに抱いたって？　お前を辞めさせるよう仕向けるために？」

大きく、正宗が眼を見開く。

驚いたと言わんばかりの表情に、如月は唇を噛んだ。

暴力を理由に如月の職を奪うことなど、正宗ならば可能だろう。それにも拘《かか》わらず、男は自分を犯した。より深い恥辱と、苦しみを与えるためか。

「違うとおっしゃるつもりですか」

「勿論だ。お前に辞められるのは困る」

何故こんな言葉を、平然と吐けるのだ。

顔を引きつらせた如月へ、正宗が腕を伸ばす。触れられるより早く、如月はその腕を打ち払った。

「お、男の体に興味があるなら、よそへ行って下さい。僕はあなたとは違うんだっ」

「別に男が好きなわけじゃないよ。それは昨日も言ったはずだ。俺は如月に興味があるって」

ひくり、と自分の喉が嫌な音を立てるのが分かる。

「なにを考えて…、あなたは……」

「昨日は、どうやって如月を誘い出そうか考えてたな」

白衣のポケットに両手を突っ込み、正宗が無遠慮《ぶえんりょ》に如月を見回した。

「思ったより、誘いには簡単に乗ってくれたから、後はどうやって抱いてやろうかって、そればっかり…」

やわらかな声が、笑う。

ぐらぐらと足元が回るような心地がして、如月は拳を振り上げた。これ以上、聞いていられない。

渾身の力で叩きつけた拳を、正宗が易々と避ける。

「そんなに怒るなよ。なに考えてるかって聞くから、教えてやったんじゃないか」

「正気じゃないっ！　こんなことをして、ただですむと……」

もう一度振り上げた腕を、長い指が摑んだ。

力の強さに、はっとする。同時にそれは、メスを握るしなやかな手だった。

それを思うと、こんな場面でも息が詰まる。怯《ひる》んだ体を引き寄せられ、如月が奥歯を嚙み締めた。

「ただですまそうだなんて、考えてないよ」

「放……」

引き寄せられ、男の体に腰が密着する。嫌がる如月へ腕を回し、正宗が尻を摑んだ。

「辞めるなんて言わないでくれ、如月。もしそうなったら俺、昨日のこと、寂しくってこの病院どころか、医局や大学病院中にも吹聴《ふいちょう》するかもしれない」

低くなった声が、耳朶をくすぐる。

鳶《とび》色の目を見開き、如月は男を見た。

「ぼ、僕を脅す気ですか」

「まさか。俺はいつだって、如月が俺のものだって公言《こうげん》したくてうずうずしてるってことさ」

でも、と、間近に迫った唇が動く。

「噂になれば、他の医局へ移るのも難しいかもね。意外に狭《せま》い世界だから。臨床医《りんしょうい》を続けていくなら、俺の口の堅さが必須《ひっす》ってわけだ」

「な…！」

「だから、俺のものになって」

俺だけのものに。

そう低く囁かれ、如月はまじまじと男を見た。

「なにを言ってるんですか…あなたは……」

「気に入っちゃったんだ。如月のこと」

そこには誇張《こちょう》も、虚勢《きょせい》もない。男は真実、それだけの理由で自分の前に立つのか。たったそれだけのために。

ぞっと冷たいものが、胸を撫でる。

恐怖だ。

これほどの恐《おそ》ろしさ、今までに一度として味わったことはない。

「…っ……」

胸を喘がせ、如月は踵を返した。

これが尊敬し続けた男の、素顔《すがお》なのか。

男の自分を抱き、人生を賭《と》した決断《けつだん》を迫りながら、そこには特別な理由など一つもない。まるで玩《がん》具《ぐ》を選ぶ単純《たんじゅん》さで、正宗は自分へ手を伸ばす。

扉へ飛びつこうとした如月の肘《ひじ》を、強い手が摑んだ。

「触るな…っ」

迫り上がる絶望《ぜつぼう》に、夢中で身を捻る。

「駄目だよ如月。そんな口の利《き》き方。俺はこれからもお前に触る。そうだろう?」

暴れる体を引き寄せ、長い指が腰へ食い込んだ。容赦《ようしゃ》のない力に、如月の容貌が歪む。

正宗は自分を、逃《のが》したりしない。

とても正気とは思えないが、この男はどんな手段を使ってでも自らの望みを叶《かな》える気だろう。

「でも、俺以外の人間に如月が触られるのは、嫌だな」

眦を捩めた声が、低くなる。腰を摑んだ指に白衣を捲《まく》られ、如月は声を上げた。

「や……っ」

ベルトを引き抜かれて、体が傾ぐ。

逃れようと両腕を振るうが、正宗の力は強い。釦が外れると、膝を使って一息に下着ごと引き下ろされた。

「…あ…」

腿に着衣が絡み、体勢《たいせい》が崩れる。抱えられるまま、体が扉伝いに床まで落ちた。

「大丈夫? あんまり大きな音立てると、看護師が覗きに来ちゃうよ」

如月を支《ささ》えた正宗が、痩せた体を床へ転がす。ぎくりとふるえ、如月は扉を振り仰いだ。

病室に、鍵《かぎ》はない。騒《さわ》げば、不審《ふしん》に思った看護師が入って来ないとも限らないのだ。

「さっきの奴、随分親しげに如月に触ってたね」

耳殻《じかく》を囓《かじ》り、正宗が如月の腿から完全に着衣を剝《は》ぎ取る。部屋の明かりに、白い内腿が浮かび上がった。

「放せ……!」

「覚えておいて、如月。俺は本当に、嫉妬深いんだ」

静かな声音が恐ろしくて、体が竦む。這《は》って逃れようとする腰を掴まれ、大きく尻を引き上げられた。

「あ…」

犬のように、這わされる。昨日強《し》いられたのと、同じ姿勢だ。

「正宗先生…、やめ……、人が…」

大声で罵倒《ばとう》してやりたい。その願いとは裏腹に、唇からこぼれたのは掠れた悲鳴だ。屈辱《くつじょく》に、鼻腔《びくう》の奥が痛む。奥歯を噛み締める如月を見下ろし、正宗が白い尻を撫でた。

「…ぁ……っ」

長い指が、尻の肉を左右に割る。ひく、と反り返った如月の背から、白衣が摺《ず》り上がった。

昨夜散々《さんざん》正宗によって吸われた皮膚には、いまだに赤い痕が散っている。

「すごいな。昨夜まで、処女《しょじょ》だったのに」

含み笑いが、尻のすぐ近くで聞こえた。

間近から覗き込んだ男が、そっと両手の指で粘膜へ触れてくる。広げられこすられた穴は、まだうっすらと赤く色づいたままだ。

「ひ……っ…」

なまあたたかくぬれたものが、窄まった場所を突く。

正宗の、舌だ。

腹の底を撲《う》たれるような衝撃《しょうげき》に、如月は冷たい床へ爪《つめ》を立てた。

「約束して、如月。この体、絶対俺以外の男に触らせないって」

「…ぁ…っ、や……ぁ…」

ぬるぬると這う舌の動きを、指の腹が追いかける。

自分に執着《しゅうちゃく》を見せる男の言葉に、如月は唇を噛み締めた。理由はなんであれ、正宗は自分の玩具に、他人の手垢《てあか》がつくのが嫌なのだろう。自分は手当たり次第《しだい》、どんな女性とでも浮き名を流すくせに、身勝手な話だ。

「返事は？　如月」

否定を許さない男の声が、響く。

「う……」

堅く目を瞑り、如月はちいさく首を縦に振った。

素直な如月の様子に満足したのか、正宗が音を立てて尻へ口吻ける。

「いい子だ。じゃあ次はもう少し足を開いて、尻を突き出すんだ。薬を塗《ぬ》ってあげるから」

正宗の言葉の意味を悟り、如月は不自然な体勢で体を捻った。

「やめて下さいっ。……もう…っ」

ねちゃりと音を立て、冷たい指が尻穴をくすぐる。

昨夜も、そして今朝も同じ正宗の指によって、粘膜へと薬を塗り込まれた。その羞恥《しゅうち》は、性器を挿《そう》入《にゅう》されるのと変わりなく、如月を苛んだ。

「ぁ……、抜いて…っ」

拒もうにも、ぬぷんと音を立て正宗の指が腸壁《ちょうへき》を擦ってくる。

人体の構造《こうぞう》を熟知する正宗の指は、的確だ。声がもれそうな場所をじっくりといじられ、のたうつことしかできない。

「ちゃんと教えてあげるから、早く俺の体を、覚えるんだ」

伸しかかる姿勢で、首筋へ歯を立てられる。やさしく耳殻を舐められ、如月は苦しさに唇を開いた。

薬が沁《し》みるもっと奥の部分が、ぞくぞくと興奮を募《つの》らせている。

「俺だけのものに、なって」

耳を塞ぐことも許されず、如月は固い床で声を殺した。


「健常部《けんじょうぶ》への転移《てんい》はみられません」

くぐもった声が、手術室に響く。

講師《こうし》の報告を受け、正宗が視線だけで頷いた。病巣《びょうそう》を覗き込む男の両手は、不潔《ふけつ》な部分へ触れることがないよう掲《かか》げられている。

指先一つふるわせない正宗を、如月は射るような目で注視した。

この一週間あまり、自分を自由にしてきたものと同じ男とは思えない。四角い手術室に入ってしまえば、私的な感情や事柄《ことがら》は遠退《とおの》く。外科医としての正宗の指の動きに、如月は全神経を集中し、見入った。

第二手術室で、正宗が執刀する手術が始まろうとしている。

手術を受けるのは、正宗が直接《ちょくせつ》担当している四十代の女性だ。如月は鉤を引く役目に志願《しがん》したが選ばれず、今回は見学のみとなった。四時間近くに及《およ》ぶ手術の最中《さなか》、鉤を引き続けるのは単調だが体力のいる仕事だ。

如月は正宗に強いられた性交《せいこう》の衝撃を、いまだ拭《ぬぐ》い去れていない。懸命に頭の隅《すみ》へ追い遣ろうと努《つと》めても、体の芯《しん》に残る怠《だる》るさと共に、苦痛が如月を苛んだ。

そんな如月の体調を、正宗は当然見抜いているのだろう。

初めて抱かれてから今日まで、職務中の正宗の態度は以前とほとんど変わらなかった。そんな男の本性《ほんしょう》を、如月はずっと量《はか》りかねている。

病院を辞めることも考えたが、踏ん切りはつかなかった。その理由の一つが、外科医としての正宗への崇敬《すうけい》だ。自分を追い詰めるのも同じ男なのに、立ち止まらせるのもまた同じ男だった。

「鉗子《かんし》」

器械《きかい》出しをする看護師へ、正宗が指示を出す。つまみ口が平たい、ペンチ状をした器具が血管を捉えた。肝血管腫《かんけっかんしゅ》という困難な手術に臨みながらも、正宗の声はいつもと同じ、冷静な響きを失わない。

正宗の指示と、心電図に描かれる鼓動だけが、張り詰めた手術室に響く。

剪刀《せんとう》を操《あやつ》る正宗が、手際《てぎわ》よく結紮《けっさつ》された血管を切断した。

肝臓《かんぞう》は葡萄《ぶどう》の房《ふさ》に実が連《つら》なるように、六つの領域《りょういき》に分かれている。そこに巣食う癌腫《がんしゅ》を摘出するためには、癌細胞《さいぼう》に侵《おか》された領域へ繋がる血管を縛り、血液の流入を止めなければならない。

肝臓は、血を含んだスポンジのような臓器《ぞうき》だ。傷《きず》つければ、際限《さいげん》なく出血してしまう。切除操作《そうさ》には、当然だが細心の注意が求められた。一つ誤《あやま》れば重大な合併症《がっぺいしょう》を起こすか、悪くすれば死に繋がる。

その最も困難な操作を、正宗はほぼ無出血で終えていた。

メスを握る指先に、全てを見透《みす》かす眼でもついているのではないか。固唾《かたず》を呑んで見入りながら、如月は改めてこの男の恐ろしさを思った。

最後の切除操作に入るために、正宗の指が静脈への結紮へ取りかかる。下大静脈に直結している、右肝静脈だ。

正宗の傍らに立った助手が、出血を防《ふせ》ぐために血管鉗子をかける。看護師が素早く正宗の額《ひたい》に滲む汗を拭った。それにさえ意識を向けることなく、正宗が静脈を切断する。

その瞬間、男の双眸に鋭利《えいり》な光が閃《ひらめ》いた。

手術台を取り巻いていた助手や看護師が、はっと息を呑む。正宗の指の動きに見入っていた如月も、声にならない悲鳴を上げた。

まだ結び終えていない肝静脈の鉗子が外れ、血があふれ出したのだ。

手術台を囲んでいた全員が一瞬、反応を鈍らせる。

瞬時にして青褪めた職員たちのなかで、正宗だけは迅速《じんそく》だった。下大静脈を探り、それと直結している右肝静脈の断端《だんは》を指で挟む。

「吸引機《きゅういんき》を！」

鋭い声に、如月は弾かれたように吸引機を摑んだ。

手術台の周囲に、鉄の匂いが漂う。それまでほとんど出血のなかった患者の病巣に、真っ赤な鮮血《せんけつ》があふれていた。

看護師の手を借り、吸引機で流れ出す血液を吸い上げる。静かだった手術室内が、瞬く間に慌ただしさに包まれた。

指に挟んだ組織が右肝静脈であることを確認し、正宗がもう一度、今度は確実に鉗子をかけ直す。

出血が多い。

「血圧《けつあつ》はどうなってる。心臓《しんぞう》に空気が入った可能性があるぞ」

出血は輸血《ゆけつ》で補《おぎな》うことができる。しかし陰圧《いんあつ》によって血管内に吸い込まれた空気が心臓に達《たっ》し、空気塞栓《そくせん》を起こせば、心停止は免《まぬが》れない。

正宗の指摘に、麻酔医が中心静脈輸液の管を、心臓の近くへと押し込んだ。

「血圧一二〇から八〇へ低下しました」

緊迫《きんぱく》した麻酔医の声に、如月の背筋を戦慄《せんりつ》が走った。

「血圧四〇、いえ、二〇です」

急変した容体を表し、心電図から音が消える。

「し、心停止です」

「左側の鉤を引くんだ、早く！」

うろたえる助手を、正宗が一喝《いっかつ》した。意図を理解できない助手を諦め、正宗が自ら電気メスを取り上げる。

「心臓マッサージを」

動揺を感じさせない男の声音が、浮き足立つ手術室内に響いた。左横隔膜《おうかくまく》を切り開き、正宗が胸腔《きょうこう》内へ右手を差し入れる。直接心臓を摑み、動き出した男の指に合わせ血圧計が上下し始めた。

「血液量は十分にある」

手応えを確かめながら、正宗が職員を見回す。

「できるだけ心臓内の血液を抜いて」

指示を受けた麻酔医が、我に返ったように動き出した。看護師が血の滲んだガーゼの数を確認し、麻酔医に指示を求める。患部に添《そ》えられていたガーゼには、重い血がべったりと滲んでいた。吸引機の血液量が告げられると、麻酔医の指示に看護師が内線へ急ぐ。

「患者の頭を下げて。そうだ、いいよ」

誰もが汗を拭う余裕《よゆう》さえない。

一秒が永劫《えいごう》とも思える時間のなかで、如月は息を殺して正宗の指を凝視した。

「…よし、もういいな」

麻酔医の報告に頷き、正宗が胸腔内からずるりと腕を引き抜く。男の指先から、真っ赤な血が床にまでしたたった。手術台を取り巻く一同から、ようやく長い息がもれる。

規則《きそく》的な響きを取り戻した心電図に、如月の体からもまた力が抜けた。しかし手術はまだ終わったわけではないのだ。

脇《わき》へと退《しりぞ》こうとした如月は、自分を見詰める視線に気づき顔を上げた。

血で汚《よご》れた手袋を外しながら、正宗が眼だけで笑う。

この数日間で目にするようになった、少し人の悪い笑みだ。不遜《ふそん》とも、不謹慎《ふきんしん》とも取れる笑みに、如月が眉をひそめる。しかし結局は、くしゃりと歪んだものになってしまった。

手術室で、この男以上に頼もしい者はいない。

「さあ、準備運動はおしまいだ」

冗談を吐く余裕を見せ、正宗が再びメスを握る。


「なに、今夜も居残りなわけ、如月センセ」

無遠慮な声に、如月が書類《しょるい》を手に振り返る。

如月の白い容貌には、淡い疲労《ひろう》の影が落ちていた。心なしか薄くなった頬の肉が、すっきりとした美貌《びぼう》を際立たせている。

パーテションで仕切られた医局の入り口に、嗣春が立っていた。大きなギプスを巻いた姿は、院内とはいえ医局にはやはり不似合いだ。

「入院って超暇《ひま》なのな。なーどっか出かけちまわね」

「じっとしてないといつまで経《た》っても退院《たいいん》できませんよ。それに僕、今週は発表も当たってるんで、忙しいんです」

事務椅子を軋《きし》ませ、如月が体ごと入り口へ向き直る。

当然、ここは入院患者が立ち入るような場所ではない。暇を持て余す嗣春は、消灯《しょうとう》時間をすぎても休まず、担当者たちの手を焼かせていた。

「カンファレンスか。状況の説明と情報交換《こうかん》程度だろ、適当《てきとう》にやれよ。失敗してもどーせ兄貴が助け

てくれんだし」

それはただの、楽観的な冗談のつもりかもしれない。しかし皮肉を込めた響きが不快で、如月は唇を引き結んだ。

「…正宗先生をお探しなんですか？」

如月の問いに、今度は嗣春が顔をしかめる。

「探すかよ。兄貴になんて用はねーし」

確かに院内で、嗣春と正宗を揃《そろ》って見かけることは少なかった。如月と五十嵐のように、公私混同を避ける意図ではないらしい。

嗣春にとって、実兄である正宗はどういった存在なのだろう。底知れない残忍さを持つ兄の側面《そくめん》を、肉親である嗣春なら知っているのだろうか。

「でもよー誠一郎って言えば今日、手術があったんだろ。聞いたぜ。鉗子が…」

何事かを思いついた様子で、嗣春が如月を見る。事故《じこ》の件を切り出そうとした嗣春の背後で、影が動いた。

「どうしたんだ嗣春。こんなところで」

廊下から聞こえた声に、如月の肩が揺れる。

「せ、誠一郎……」

「なんか用事？　もしかして如月に？」

さっと顔色を変えた嗣春を、入り口に立つ正宗が見下ろした。

「べ、別に。じゃあな、如月センセ」

まだなにか言いたそうな視線で如月を見遣り、嗣春が踵を返す。足を引き摺る弟を気遣うことなく、正宗が入れ替わりに医局の扉をくぐった。

「…気に入らないねえ」

肩越しに廊下を振り返り、正宗がのんびりと如月へ歩み寄る。

「嗣春はすぐ、俺のもの欲しがるから。気があるのかなあいつ。如月に」

「な……」

隣へと腰を下ろした正宗に、如月は声をなくした。

初めて抱かれた晩から今日まで、正宗は万事この調子だ。他の者たちの前では以前と変わらない態度で接するが、如月と二人きりになると、その残酷な双眸を隠そうとしない。できることならば正宗と二人になどなりたくないのだが、そんな如月の望みを叶える気はないのだろう。

「み、みんながみんな、先生みたいな…」

抗議の声を上げようとした如月へ、正宗が腕を伸ばす。しなやかな指先をそっと前髪へ絡められ、如月は声を詰まらせた。ぎくりとふるえた睫に、正宗が満足そうに眼を細める。

この男は自分のどんな行動が如月を脅《おびや》かすのか、それを十分に知っている。知っていて、一番効果的な方法で追い詰め、反応を楽しんでいるのだ。

「気をつけた方がいいよ。如月は無防備だから」

くすくすと笑われ、如月は正宗を睨みつけた。

「そんな顔が可愛いって言ってんだよ。ところでさ、如月。お前最近、どうしてそう俺から離れたがるの」

椅子の車輪《キャスター》を軋ませ、机の端《はし》へ移動した如月を正宗が冷やかす。

誰が望んで近づきたいものか。

唇を引き結び、如月はじりりとさらに遠くへ後退《あとじさ》った。

「今夜もまだ残ってるつもり？　そういえば発表、三日後か。なんか手伝えることない？」

机に広げられていた資料へ、正宗が眼を落とす。

先程の嗣春の言葉が蘇り、如月は男の眼から隠すように、付箋《ふせん》が貼《は》られた書類を閉じた。経験不足をばかにされることも、甘やかされることも、正宗にだけはされたくはない。

「大丈夫です」

「そう？　じゃあ俺、四階にいるから、力になれることがあれば内線で呼んでよ。そうだ、俺の部屋で書類作ったら。資料もあるしさ」

肩へと伸びた手を、如月は思わず打ち払った。

「触らないで下さい」

自らの声の強さに、はっとする。パーテションで仕切られているとはいえ、室内にはまだ職員たちが残っているのだ。

平然としている正宗に、如月はぐっと唇を噛んだ。

「……すみませんでした」

「嗣春になにか言われた？」

正宗の口から出た名に、ぎくりとする。

「べ、別に、そう言うわけじゃ…」

「それならいいけど。俺、如月の発表に、内容的な心配があるから声かけてるんじゃないってことは、分かってもらえてる？」

尋ねる正宗の口調は、決して自分を揶揄うものではない。如月の心中など知りつくしているかのように、男の声は穏やかだった。

「如月のことが気になって仕方ないのは事実だけど、それがお前の能力を軽《かろ》んじてるように思えたのなら謝る。ごめん、悪かったね」

あまりにも率直《そっちょく》な謝罪に、如月こそが口籠もる。

こんなふうに、謝って欲しかったわけではない。ただ易々と犯されたように、仕事においても取るに足りない存在だと、そう思われたくなかっただけだ。

自分の見栄《みえ》の陳腐さを改めて見せつけられるようで、羞恥が込み上げる。

「取り敢えず俺は部屋にいるから。今日はリンパ節掘《ほ》りもあったんだし、無理するなよ」

卑劣《ひれつ》な手段で自分を脅す眼が嘘のように、正宗の言葉は面倒見のよい先輩医師そのものだ。こんな正宗を前にすると、今更《いまさら》ながらにあれが現実の出来事かと疑いたくなる。

なにも知らず、この男の尊敬できる部分だけを見て、先輩として慕っていられたなら、どんなに幸せだっただろう。

「……あ…！　あの…」

思わず声を上げた如月に、立ち上がりかけた正宗が動きを止めた。

「…昼間の…先生が執刀された患者さんのことですが…」

言葉にした途端、改めてふるえが指先にまで伝わる。

蘇る記憶に、如月は薄い唇を引き結んだ。

正宗による肝血管腫の摘出手術は、五時間半に及んだ。血管鉗子が外れた瞬間に広がった血の色が、まだ瞼に焼きついている。

「ああ、あれか。悪かったね。鉤引きを任せてやれなくて」

疲労の陰りを見せることもなく、正宗が謝った。そんなことが、言いたいのではない。顔色一つ変えない正宗に、如月は弾かれたように首を横に振った。

「いえ、そんなこと…。ただご家族への説明が…説明《ムンテラ》がどうだったのか、気がかりで…」

手術を終えた際には必ず、ムンテラと呼ばれる患者家族への説明が行われる。血管鉗子が外れた事実も含め、正宗には家族へ経過を伝える必要があった。

「どうにか、ね。心配はしていたけれど、手術が成功した旨《むね》は理解してもらえたよ」

親指の腹で顎を擦り、正宗が静かに言葉を選ぶ。

血管鉗子が外れるという事故に見舞《みま》われながら、病巣の摘出はその後順調に進められた。結果的には成功したものの、手術中に起きた事故に不安を抱かない家族はいない。事故発生の経緯や今後予想される事態《じたい》を含め、正宗は隠すことなく患者とその家族へ説明しなければならなかった。

「…後遺症《こういしょう》が出なければいいですね」

祈《いの》るような気持ちで、如月が呟く。

「……まさか、…鉗子が外れるだなんて…」

患者の生命を預《あず》かる手術においては、当然細心の注意が求められた。衛生《えいせい》管理は勿論、器具に対しても入念な点検《てんけん》が行われる。しかしどれほど努力しても、使用したガーゼを体内へ置き忘れたり、患部を縛った糸が内部で解《ほど》けるなど、人為《じんい》的、あるいは偶発《ぐうはつ》的な事故は起こり得た。しかし今回のように鉗子が外れるなど、如月はこれまでに聞いたことがない。

「偶然《ぐうぜん》にしても、あんなこと…」

「偶然、か…」

低くなった呟きに、如月が眉をひそめる。口を開くより早く、正宗が如月を見た。

「俺にも予想外だったことは確かだよ。でもとにかく成功してよかった」

ふっと、肩の力を抜いた正宗の双眸を、疲弊《ひへい》の陰りが覆う。見慣れないその色に、如月は唇を引き結んだ。

一歩間違えば惨事《さんじ》に至っていた現場で、正宗は誰よりも冷静だった。だからといって、正宗が衝撃を受けていないわけがない。男の技術を過信《かしん》するあまり、その内側にまで思い至れない自分を、如月は恥じた。

「最後まで手術を決めかねていた患者だったからね。万事恙《つつが》なく終えてやりたかったな」

「やっぱり、どんな患者さんでも体にメスを入れるのは不安でしょうから…」

人工的に意識を断《た》って、肉体を切り開くのだ。どんな容易な手術だろうと、またその必要性を分かっていようと、本能的な不安は拭えまい。

「それもあるだろうけど、井口製薬の抗癌剤《こうがんざい》の事件《じけん》、覚えてるだろう。ここでも使ってたんだよ、あれ」

思い当たる新聞記事が脳裏を掠め、如月は頷いた。

井口製薬という製薬会社が開発した、抗癌剤の新薬に問題が見つかった事件だ。抗癌剤の製造中止、回収という言葉が、一時期新聞を賑《にぎ》わせていた。

「どうもあの記事を読んだらしいんだよね。それに他にも医療《いりょう》ミスのニュースとか、最近も多いだろ」

「でも今日の患者さんには、抗癌剤なんて…」

「勿論、井口の薬どころか、その手のものは投与《とうよ》してないよ。ただああいった記事が出ると、どんな患者でも不安になっちゃうものだから」

ぎしりと椅子を軋ませ、正宗が正面から如月を見る。

ゆるく口元に笑みを浮かべた男が、もう一度長い腕を差し伸べた。顳顬へ触れられても逃れることを忘れ、如月が正宗を見返す。

「…思ったより、如月は平気そうな顔してるよね」

「な、なにがですか」

「あんな事故があったのにさ。もっと取り乱してるかと思ったら、手術中の対応も早かったし、今も、随分落ちついてるなと思って」

皮肉のない言葉に、如月は肩からわずかに力を抜いた。

「それは…」

視線が、自分へと伸びる男の指を追う。

しなやかな、指だ。

手術中、ラテックスフリーの手袋に包まれた正宗の指は、血で真っ赤にぬれていた。その色に、動揺しなかったわけではない。それでも不安は、不思議と湧《わ》かなかった。

この指が。

正宗が、執刀しているのだ。それ以上の安心感が、他にあるだろうか。

正宗がどんな男だろうと、その技術に対する信頼は絶対だ。どれほど困難な状況下でさえ、正宗が執刀するならば成功率が向上すると、如月は信じている。

ただ頭がよい、あるいは高度な技術を擁しているのとは、違う。

特異なのだ。

初めて正宗が執刀する手術に立ち会ったときにも、如月は心底そう思った。正確な軌道《きどう》が予《あらかじ》め組み込まれでもしているように、正宗のメスには迷いがない。絶対的な支配力を持つあの指が、自分へ触れているのだと、如月は今更ながらに意識した。

「どうしたの。俺に惚《ほ》れ直しちゃった？」

言葉を途切《とぎ》れさせた如月を、正宗が不思議そうに覗き込む。

「な…！　なにをばかな…っ」

「俺っていうか、俺の指にかなー。つれないなあ、如月は。やっぱさ、これから気分転換にご飯でも食べに行かない？　ご馳走するから」

ひどく残念そうに肩を落とされ、如月はきっぱりと首を横に振った。

「嫌です。私は金輪際《こんりんざい》、先生と二人きりで食事には行きません。さあ、もういいでしょう。忙しいんです。出て行って下さい」

追い立てられ、正宗がちぇーっ、と子供のように唇を尖らせ席を立つ。入り口へ戻ろうとした男が、しかし再び思い出したようにパーテションの脇へ腕を伸ばした。

「そうだ、忘れるところだったけど、これ、如月に」

取り出された紙袋には、見覚えがある。

黒色のそれは、兄から贈られたあの包みだ。この一週間、如月が捜し続けていたものでもある。

「ぁ……、それは…」

「ごめんね。遅くなっちゃって。この前ホテル行ったときさ、俺の車に忘れてっただろ。大切なものだったんじゃないのか」

この前、ホテルに。

それが、犯されたあの晩であることはすぐに分かった。

「どうしたの如月。いらないものだった？　中身もちゃんと、割れてないよ」

息を詰めた如月に、正宗が袋を開く。覗き込むと、なかには確かに白い箱が収められていた。

「…なか、見たんですか」

眉をひそめながらも、如月が取り出した箱の蓋《ふた》を開く。正宗の言葉どおり、額にも絵にも異常はない。安堵すると同時に、如月は唇を引き結んだ。

「なんです、これ」

版画を保護《ほご》する硝子板の向こうで、写真に写る正宗が笑っている。

版画は額より二回りほどちいさいため、端に写真を挟んでも絵の鑑賞《かんしょう》に支障《ししょう》はない。尤もそんな形では、鑑賞とは言えないが。

「如月が初めて執刀した、手術の記念写真。結構《けっこう》上手く撮《と》れてるだろ」

嬉しそうに示された写真には、疲弊した如月の姿も捉えられている。二人共手術着姿で、手袋や衣類には微《かす》かな血痕《けっこん》が見えた。

いつこんな写真を撮らせていたのか、如月にはまるで覚えがない。

「ケーキカットの代わりっていうの？　二人で初めての共同作業といえなくもないしぃ」

「いつ撮ったんですか、こんな写真…」

どんな神経をしてるんだ、この人は。

長い溜め息を吐いた如月から額を受け取り、正宗が箱へと片づける。

「この写真、絶対取り出しちゃ駄目だよ。約束して、如月」

大切な版画のなかに、正宗の写真など残しておきたくない。しかしわざわざ額を開き取り出そうという気力は、今の如月になかった。正宗と押し問答《もんどう》するのも嫌で、渋々《しぶしぶ》頷く。

「…ねえ、如月はこの絵、誰かにもらったの？」

尋ねられ、如月の胸がどきりと軋んだ。

如月が五十嵐の実弟であることを知れば、正宗はどんな顔をするだろう。副院長派閥に所属する五十嵐は、正宗にとっても煙たい存在に違いない。

「正宗先生には、関係のないことです」

素っ気なく返した如月の顎を、強い指が捕らえる。唐突に触れた体温に、ぞくりと体中の血がざわめいた。

「っ……」

「関係ないわけないだろう」

低く落とされた声の質《しつ》は、ひどく冷たい。

ひんやりとした掌に頬を包み込まれ、喉の奥が渇いた。

「まだ分からない？　俺は嫉妬深い男だって。如月に触った人間、皆、殺しちゃおうか」

ちゅっと軽い音を立て、唇が頬へ落とされる。びくついた如月を笑い、正宗が立ち上がった。

「食事に行けないのは残念だけど。なにかあればいつでも声をかけて。そうだ、如月最近コーヒー飲みすぎじゃない？　あんまり胃に負担《ふたん》かけてちゃ駄目だよ」

紙コップを覗き込んだ正宗が、顔をしかめる。

自分の胃に一番の負担をかけているのは、誰だというのだ。睨み上げた如月に眼を細め、正宗が医局を後にした。

時計の針が、音もなく時を刻む。紙コップへ手を伸ばし、如月はすっかり冷めたコーヒーに顔をしかめた。

医局には、すでに人の気配はほとんどない。

資料作成は一段落ついたものの、もう終電は終わる時間だ。タクシーを使うか、このまま残るか。独身者の多くは病院に近い寮《りょう》に入っているため心配がないが、自宅通いの如月は帰宅の手段を考えなければならない。

机の上に広げていた資料を片づけ、如月は紙コップへ視線を落とした。

正宗もまだ、院内に残っているのだろうか。

自らの胸に湧いた疑問に、如月は唇を引き結んだ。

タクシーを呼ぶ前に、もう一杯コーヒーを飲もうと立ち上がる。

深夜といえども、当直《とうちょく》医や夜勤の看護師など、院内に残る職員は少なくない。だが照明《しょうめい》が落とされた院内は、どこまでもひっそりと静まり返っていた。

エレベーターの到着《とうちゃく》を知らせる鐘《かね》の音が、明瞭《めいりょう》に響く。

無人のエレベーターへ乗り込み、如月はぎょっと息を詰めた。扉が閉じる直前、背後から人影が飛び込んできたのだ。

「…っ！」

伸ばされた腕が、闇雲《やみくも》に如月の口を押さえつける。押されるまま肩から壁《かべ》にぶち当たり、間を置いて扉が閉まった。

「な……、正…」

アルコールの匂いが、鼻先を覆う。湧き上がる混乱と共に、咄嗟《とっさ》に正宗の名が口を突いて出た。

やはりまだ院内に残っていたのか。こんな方法で自分に触れてくる者、それ以外に思い当たらない。

「放……」

しかし腕を振り払い、転がりながら見上げた男は正宗ではなかった。

「…あなた…は……」

床へ落ちた如月を、濁った目が見下ろす。

嗣春だ。

彫りの深い顔立ちが、今は酒のせいかわずかに赤い。

「………兄貴…か？　誠一郎なら、いいのか？」

聞き取れないほど低い声が、掠れて落ちた。

「一体なにを……。まさかお酒を飲んで…」

状況が呑み込めず、如月がよろめきながらも壁伝いに立ち上がる。

嗣春は病室を抜け出し、酒を飲んでいたのだ。如月を見つけ、揶揄ってやろうと思ったのか。それにしてもこれはやりすぎだ。

「びっくりするじゃないですか。あなた、怪我人なのに……」

さすがに苦情をもらした如月の腕を、嗣春が摑み取る。その強さを疑う間もなく、如月は再びエレベーターの壁に背中をぶつけた。

「……っ」

苦痛に呻く唇を、なまあたたかい唇が塞ぎ止める。なにが起こったか理解した途端、猛烈《もうれつ》な吐き気が込み上げた。

嗣春の唇が、ぴったりと自らの唇を覆っている。

「やめ……っ」

気色の悪さに、鳥肌が立った。

何故自分がこんな場所で、この男に口吻けられなければならないのか。嫌悪《けんお》と驚きに、如月は声を失った。

「もったいぶるなよ。ヤってんだろ、兄貴と」

荒い嗣春の呼吸が、頬に当たる。堪《たま》らない悪寒が込み上げ、如月は嗣春を押し返した。

「放…せ！」

「確かにきれいな顔してやがるよなあ…。誠一郎が気に入るのも、よく分かるぜ……」

しめった掌で腰をまさぐられ、冷たい汗が噴き出す。

胸の突起《とっき》を探り出そうとする指の動きに、如月は力任せに嗣春を殴った。相手はギプスをはめた怪我人だ。分かってはいても、加減などできない。

「な…なにを酔《よ》っ払《ぱら》ってるんですか、あなたはっ！」

狭い密室《みっしつ》に、裏返った悲鳴が響く。逃げようとする体が壁に阻《はば》まれ、再び床へと引き倒《たお》された。

「酔ってなんかねえ！　大人しくしてろ！」

怒鳴り声の合間にも、粘《ねば》っこい唇が頬や首筋へ押し当てられる。

「やめろっ！」

気持ちが悪い。正宗に触れられた夜も、同じ嫌悪感に打ちのめされた。だがそれは、本当に同じだっただろうか。

嗣春の手に股間を摑まれ、如月は渾身の力で男の腰を蹴《け》り上げた。

「う…ぐ……っ」

呻き、嗣春の力がわずかにゆるむ。すぐさま這い逃れようとして、如月はエレベーターが動き始めたことに気づいた。操作パネルにぶつかったせいか。

咄嗟にボタンに指を伸ばすが、動いているエレベーターの扉が開くはずもない。

「や……！」

立ち上がった嗣春が、摑みかかる。突き放そうとする如月を壁へ押しつけ、足の間へ膝を割り込まされた。

「ちくしょう…、いつだっていい目見るのは兄貴だけじゃねーか。医者だってだけで、デカイ面しやがって」

怒声が耳を聾《ろう》する。乱暴《らんぼう》な指にきつく性器を握られ、如月は痛みに奥歯を嚙み締めた。苦痛に歪む如月を見下ろし、嗣春が唇を舐める。

「なー、お気に入りのお前が俺のものになったら、あいつ、どんな顔するだろうな…」

「……う…」

背中に伝わった振動《しんどう》に、如月は低く呻いた。

エレベーターが、止まったのだ。

腕を伸ばし、懸命に這おうとした如月の目の前で扉が開く。叫び出したいほどに、その動きは遅い。

「退……」

床へ爪を立てた体が、不意に凍りつく。それは嗣春も同様だった。

エレベーターホールに立ち、紙コップを手にしていた人影もまた、動きを止める。

「……ぁ…」

声を上げたのは、如月だ。同時に扉の間へ割り込んだ靴先《くつさき》が、沈黙を打ち破る。

「やめろ！」

頭上で、嗣春が叫んだ。

「来るな！　誠一郎っ」

誠一郎。

嗣春が吐き出した名を、如月は茫然と聞いた。

閉じようとしていた扉が再び開き、飛び込んだ足が恐ろしい勢《いきお》いで嗣春を蹴り伏せる。

続けざまに二度、耳の真横で悲鳴が上がった。伸しかかる体重が失せ、如月が弾かれたようにエレ

ベーターを飛び出す。

「や…やめろ……」

蹲《うずくま》る嗣春が懇願の声を上げた。冷たい廊下に座り込み、如月もまた正宗を見上げる。

ぞくりとした悪寒が、心臓を締めつけた。

恐怖を感じたのは、むしろこの時だ。

エレベーターからあふれる光が、正宗の容貌に濃い陰影《いんえい》を落とす。整《ととの》った男の顔立ちは冷淡《れいたん》で、一見なんの感情も窺《うかが》えない。だがその眼光はどうだ。

今まで一度として目にしたことがないほど、男の双眸には冷たく、残酷な怒りの色があった。

言葉よりも雄弁《ゆうべん》な沈黙《ちんもく》の末、正宗の唇がにいっと笑みを作る。

「いい加減、俺のものを欲しがるのはやめたらどうだ、嗣春」

ぶるり、と体がふるえた。

冷えきった声音で告げ、正宗が手にした紙コップを傾ける。

「うぁ…っ！」

熱いココアが、躊躇《ちゅうちょ》なく嗣春の顔面へ注がれた。続けて上がった悲鳴ごと、嗣春が厚い扉の向こうへ呑み込まれる。

「大丈夫？　如月。嗣春には後でよく言って聞かせておくから、許してやって」

「…正宗先生……、これは…」

混乱する頭で、如月は乱れた白衣を搔き合わせた。

いた。

「体を洗わなきゃね」

高い位置から降る声は、同意を求めるものではない。のろのろと見上げた視界で、男の眼が光を弾

電話をかけているのか。

正宗の声が、聞こえる。

重い瞼を、如月はぎこちなく瞬かせた。涙を流したせいで、眦や睫が強張り気持ち悪い。

寝乱れたホテルの寝台で、如月は裸のまま四肢《しし》を投げ出していた。指先一つ、動かす気力もない。

病院での騒ぎの後、如月は正宗によってホテルへと連れて来られた。あのまま病院に残るのも嫌だったが、そうかといって正宗の顔を見ていたいはずもない。しかし結局は男に車へ乗せられた。

低い声が途切れ、正宗が電話を終えたことを知る。

ホテルへ入るや否《いな》や、浴室《よくしつ》で嫌と言うほど擦られた皮膚が痛い。病院での言葉どおり、正宗は如月の体を執拗《しつよう》に洗った。しかも消毒に用《もち》いる洗浄剤を使ってだ。

如月が他の男に触れられたことが、余程気に入らなかったのか。それにしても、常軌《じょうき》を逸《いっ》している。

如月の肌が真っ赤になるまで、正宗は痩せた体を擦り続けた。浴室で一度吐精《とせい》させられたが、体を洗われる痛みに比べれば、まだ楽だ。

終始無言だった正宗の態度に、不安を煽《あお》られたせいもある。

正宗が寝台へ近づく気配に、如月は目を閉じた。

眠っていると思ったのかもしれない。寝台へ腰を下ろした正宗は、タオルを巻いただけの姿だ。肩から腕へと流れる筋肉の動きを、思わず目で追う。

しなやかな腕を持ち上げ、正宗がペットボトルの水をあおった。あの手が自分に触れていたのかと思うと、こんな時でも胸が苦しい。

静かな男の横顔に、疲弊の色はなかった。

院内で目にするものとは違う空気が、男の容貌を包んでいる。それは正宗と関係を持って以来、時折男が覗かせるようになった表情《もの》だ。冷たい沈黙が、正宗の横顔を無機質な印象に見せている。

無感情な眼は、ただそこに存在しているというだけだ。他人の介在《かいざい》も、自分自身の感情さえ、必要としていない。

何故正宗がそんな眼をするのか分からない。

皆が知るものよりも、むしろこの横顔こそが、男の本質《ほんしつ》なのだろうか。

「如月？」

視線に気づいたのか、正宗が首を傾けた。一瞬前まで正宗を取り巻いていた沈黙は、男が視線を動かした途端、嘘のように掻き消えてしまう。

微かな失望と安堵とに、如月は睫を伏せた。

「…大丈夫？　真っ赤になっちゃったね」

まだ赤みの引かない皮膚へ、正宗がそっと触れてくる。誰のせいだ。眉根を寄せた如月を、体を屈めた男が覗き込む。

正宗といい、嗣春といい、何故自分がこのような目に遭《あ》わなければいけないのか、考えるだけで肩がふるえた。

「怖かったの？　如月」

「…っ…」

平静《へいせい》でなど、いられるわけがない。怒鳴りつけようとした言葉が、喉の奥で萎える。じっと自分を捉える正宗の眼に、好奇《こうき》の色はなかった。

「殺してやればよかったかな」

ぽつんともらされた声に、背筋が冷える。それは全くといってよいほど、抑揚に欠けていた。

「如月の目の前で殺しておけば、安心できた？」

平坦《へいたん》な声音で尋ねられ、病院で見た男の双眸が蘇る。

あの時の正宗ならば、本当に嗣春を殺しかねなかったのではないか。嗣春に限らず何者の命も、あんな眼をした男の前では無意味だろう。

「……やめて下さい。そんな話…」

「如月」

促す動きで瞼を撫でられ、如月はふるえる睫を持ち上げた。

「…俺に触られるのも、嫌？」

誘うような響きが、瞼を舐める。

「……っ」

嫌いだ、と。何故自分はすぐにでもそう言ってやれないのか。

嫌なはずなのに、堪えられないはずなのに、こうして諾々《だくだく》と、男の術中《じゅっちゅう》に落ちている。全ては正宗の手腕に憧れていたその気持ち故ならば、本当に愚《おろ》かなことだ。

そっと顎を捕らえられ、如月は間近にある男の眼を見た。

「正宗先生は……」

声を出して、自分の喉がひどく掠れていることを知る。浴室で声を上げすぎたせいだ。

「先生はどうして、外科医になられたんですか」

それは全く、正宗への答えになっていない。如月自身、自分の突拍子《とっぴょうし》のなさに驚いた。

不思議そうな眼をした正宗が、にっこりと笑う。意外なほど、無邪気な笑みだった。

「嬉しいな。俺に、興味を持ってくれた？」

「……いいえ。ちっとも」

首を横に振り、それが嘘であることを自覚《じかく》する。

興味は、ある。だがそれがどんな感情に基《もと》づくものか、如月には分からなかった。

自分は正宗が怖い。それだけは偽《いつわ》ることのない、本心だ。

「ひどいな」

嘆息した声音に、違和感を感じる。それは今まで聞いたどんな声音より、自然な響きを帯びていた。

「正…」

眉をひそめ、床へと下りようとした如月を、長い腕が巻き取る。寝台へと引き戻されるまま、背中がシーツへ沈《しず》んだ。

「……っ」

伸しかかる影の黒さに、喘ぐ。

声に宿った落胆《らくたん》の響きは、すでに男から失せていた。

「俺が医者になった理由、か」

呟き、乾いたばかりの鎖骨《さこつ》を囓られる。

「や…やめて下さい」

「ごめん。今日はさすがに我慢するつもりだったんだけど…、抱いて、いい？　如月のそういう声、誘ってるみたいだ」

ちゅっと、音を立て乳首《ちくび》を吸われ、肩が竦んだ。

「……ぁ」

赤くなった先端を、正宗の舌がくにくにと押す。同じ男の手で教えられた興奮が蘇り、薄い背中が反った。

「俺、医者になった理由ってのは、誰にも話したことないんだよ」

呟き、正宗の掌が如月の太腿を割る。内腿もまた、正宗によって洗われた場所だ。メスを握るのと同じ指が、丁寧《ていねい》に肌を這う。その瞬間が、なにより如月の身の置きどころをなくさせた。

「如月、どうして俺が医者になったのか、聞きたい？」

うつぶせに体を返され、如月が首を横に振る。

頷いて、なんになるのか。正宗が自分などに、本当のことを話すわけがないのに。

「聞きたくないの？　仕方ないな。じゃあ、余計《よけい》な話はやめて、セックスしようか」

甘い声音に、首筋の産毛《うぶげ》がちりちりと逆立つ。

「やめて下さい、先生…」

「ひどくはしない。約束するから、お尻を上げて」

懇願を受け流し、長い指が尻の肉を摑んだ。絶望が、胸を迫り上がる。

「まだ、恥ずかしい？　あれだけ、洗ってやったのに」

囁きと共に肩胛骨《けんこうこつ》へ伸しかかられ、厚い胸板が肺を圧した。

「…ぁ……、く…」

首筋に吸いついた舌が、ねっとりと背骨を噛む。痺れるような心地好さに、呻きがもれた。

「……ぁ…っ」

強張る体を自由に折り曲げ、正宗の指が尻へともぐり込んでくる。そこも、正宗によって執拗に洗《せん》浄《じょう》された場所だ。

桃《もも》色をした洗剤を湯で薄め、猥褻な音が響くまで存分《ぞんぶん》に掻き回された。

たっぷりと湯で洗い流された内側は、男の指を従順《じゅうじゅん》に受け入れてしまう。

「…ひ……ぁ…」

指でこすられた粘膜が、沁みるように痛んだ。今夜だけでなく、これまでの交接《こうせつ》で、自分がひどい傷を負っていないことの方が驚きだった。

「洗剤、全部きれいに流れたかな」

先刻の行為を蒸《む》し返され、ぬれた肉が男の指を締めつけてしまう。

「やめ……、もう…、…ぁ…」

「如月のココはいい子だから、時間をかければ、ちゃんとやわらかくなる」

喉の奥で笑われ、如月はきつくシーツへ爪を立てた。

平素は患者に医療行為を施《ほどこ》す指が、正確に、そしていやらしく動く。狭い器官を慣らすため、器用すぎるあの指が、恥ずかしい場所を開くのだ。

「ほら。もう腫《は》れて可愛い色になってる。こんないやらしい如月、弟にだって分けてやれない」

髪の生《は》え際を歯で辿り、正宗が満足そうに囁く。

「変…態……ッ」

睨みつけた目の色に、正宗がにやりと笑った。

「そうかもね」

「い……ぁ…っ」

堅い肉を尻穴へこすりつけられ、悲鳴がもれる。

熱いそれがなにか、目で確かめるまでもない。

「待…っ、痛…！　いた…い…、ぁ…あ……」

嗄《か》れたと思われた喉から、叫びがもれた。

指で広げられた場所へ、信じられないような体積《たいせき》が割り込んでくる。充血した入り口を裂《さ》けるほどに広げられ、身悶えた。

「確かにこんなに誰かが欲しいなんて、異常だよね」

背中からぴったりと抱き込まれ、呼吸も整わないまま押し込まれる。腰を揺すり上げられる刺激《しげき》より、自嘲《じちょう》を纏った声の響きに、ぶるりと背筋がふるえた。

「如月だけ正気だなんて、ずるい」

囁きと共に、硬くなった性器を手探りされる。握られると、じわりと腹の奥へ快感が沁みた。

「…あ……」

抱き込まれる体が、粟《あわ》立つ。

「如月…」

ゆっくりと陰茎を含まされる粘膜のなかで、粘つく体液の音がした。動いている。太い陰茎で腹を捏《こ》ねられ、如月は薄い腰をくねらせた。

「いや……ぁ…、や……入…る……」

背骨が溶《と》け落ちたように、男が望むまま揺さぶられる。

こんなにも深い場所を侵されているから、自分はこの男に無関心でいられないのだ。そうだとするなら、何故嫌い、憎《にく》み抜くことができないのか。

「…動か…ない……で…」

声を上げる如月の唇を、体液で汚れた指が辿った。

「後でもう一度…、ちゃんとエタノールで消毒しようね」

言葉の意味を理解し、触れられた唇が悲鳴の形に歪む。涙にぬれた瞳を捕らえ、正宗が舌を伸ばした。

「本当は、もっと強いので体中磨《みが》いてやりたいくらいだけど、それじゃあ如月が、かわいそうだから」

「……ぁ…」

外科で使用する消毒薬まで使い、如月の体を洗浄する気か。正気とは思えない。だが口にした限りは、正宗はそれを行動に移すだろう。

「全部、きれいにしてあげる」

やさしく首筋を噛まれ、繋がった場所が男の肉を食い締めた。

皮膚へ突き刺さる冷たい眼光の奥に、苛烈《かれつ》な意志の片鱗《へんりん》が燃えている。

「正……」

打ちつける動きで腰を回され、如月は唇を開いた。

ふるえた前歯に、指先が当たる。

「…ふ……ぁ……、あ…」

恐ろしいほど深くまで、自分を抉る異常者。

誰よりも憧れ、尊敬する外科医。

そのどちらが正宗という男なのか、如月には分からない。

息苦しさを噛み殺し、如月は長い指を口へ含んだ。

ちいさな軋みを上げて、ストレッチャーの車輪が止まる。

高い天井《てんじょう》を見上げ、嗣春が瞬きをした。

「気分はどうだい。嗣春」

落ちついた足音が、近づいてくる。聞き間違いようのない声が、頭上から降った。

「麻酔も効き始めてるだろう？」

正宗の声は、酷くやさしい。投げ出した二の腕が、ぞっと冷えた。

「ここ…は…」

「よかったですね、入院中に悪いところが見つかって」

すぐ右手側から、まだ若い看護師の声が聞こえる。視線を向けようとしたが、嗣春の体は動かない。

辛うじて傾いた視界に、自分の腕から伸びる点滴《てんてき》の管が見えた。

「急な手術なのに、正宗先生が自ら担当されるだなんて…。先生は本当に弟さん思いでいらっしゃいますよね」

点滴を確認した看護師が、感心したように正宗を振り返る。手術、という言葉もこの状況も、嗣春にはまるで理解できないものだった。

「なんの、話を…」

横たえられた嗣春の視線が、忙《せわ》しなく動く。

「こいつ、急な手術で混乱してるみたいだから、少し二人きりにしてくれるかな」

正宗の声に応え、看護師が書類を手渡し頭を下げた。

「し、手術って、誠一郎…、一体…」

嗣春が入院したのは、足の怪我によるものだ。まかり間違っても、正宗の世話になどなりようがない。取り乱す弟の頭上で、正宗がのんびりと書類を繰った。

「安心して。簡単な虫垂炎のオペだから」

「ち、虫垂炎!? 俺は病気なんかじゃ…っ」

身に覚えのない病名《びょうめい》に、血の気が失せる。

誰か。誰か助けてくれ、これはなにかの、間違いだ。声を張り上げたいのに、舌が縺《もつ》れて動かない。

「医者は俺。お前は患者。俺が虫垂炎だって言うんだから、間違いないよ。ほら、カルテにだってちゃんと書いてある」

書類を示され、嗣春は大きく首を振ろうとする。

「や、やめ…ろっ！　お前、俺を殺す…気か…っ」

声にした途端、寒気がした。

何故こんなことになったのか、嗣春には思い出せない。昨夜はひどく酔っていた。病院を抜け出し、戻ったところであの医者に会ったのだ。

男のくせに、はっとするほどきれいな医者だった。肌の色が白くて、項《うなじ》を眺めていると男なのか女なのか、不意に分からなくなる瞬間がある。そのくせ纏う空気は生真面目《きまじめ》で、人に媚《こ》びる目をしなかった。

女に欲情《よくじょう》するのと、同じことだ。エレベーターで摑みかかり、馬乗りになったところで正宗に見つかった。すぐに病院を出たはずだが、それがどうして今こんな場所にいるのか。

「殺す？　人聞きが悪いなあ。医者は人を助けるのが仕事だよ」

心外そうに、正宗が首を傾ける。その口元がちいさく笑った。

「まぁたまには、失敗もあるけどね」

「ひ……っ」

息を呑んだ嗣春を、正宗が身を乗り出して覗き込む。

「ごめんびっくりさせちゃった？　でもたまに、の話だから。自分で言うのもなんだけど、俺は有能な外科医だし。…でも、麻酔医がうっかりして、投与する麻酔を多く入れすぎてたら…悪いが俺にはどうにもしてやれない。今日のは特別に全身麻酔だし」

点滴を見上げた正宗が、満足そうにチューブを辿った。

「ゆ、許してく…れ、兄貴…。あれ…は、あの…医者の方から……」

絞り出した声が、哀《あわ》れっぽく歪む。見え透いた嗣春の言い訳に、正宗が眼を細めた。

「へえ…」

冴《さ》え冴《ざ》えと響いた声に、嗣春がぐっと喘ぐ。

「お前の悪い癖だ。昔から俺の玩具《おもちゃ》ばっかり欲しがる。…だがな、あいつは…如月は駄目だ。あれは、俺だけの玩具だから」

玩具、と、正宗は当たり前のように口にした。まるで本当に、子供が玩具を取り合うようだ。

こんな声を出す男が、人の尊厳《そんげん》や生命など、尊重《そんちょう》する道理がない。

「違…う……！　違う、兄…さん……」

張り上げたはずの声が、細く掠れる。逞《たくま》しい正宗の右手が、気軽な調子で嗣春の肩を叩いた。

「そんな声出すなよ。言い訳は後で聞いてやる。……無事、麻酔が切れたら、の話だけどね」

つけ足された言葉に、目の前が暗く濁る。もう声を上げることもできない嗣春を、正宗が体を屈めて覗き込んだ。じっと見下ろすその眼に、感情の色はない。

「おやすみ、嗣春。…また、目が覚めるといいね」

歌うような声に呑まれ、意識が途《と》絶《だ》えた。


「如月センセ。なにかあったの？」

背後から投げかけられた声に、びくりとして視線を巡らせる。低い位置に、車椅子に乗った奈津美の姿があった。

「大丈夫？　如月先生、なんか…怖い」

エレベーターを待つ廊下に、傾いた日差しが落ちる。エレベーターを使うか、階段を下りるか。逡《しゅん》巡《じゅん》していた如月は、ぎこちなく掌で顔をこすった。

「なんでもないよ。今岡さんは、今日も外科へ出張中《しゅっちょうちゅう》？」

「これから売店に行こうと思って。外科まで来たのに正宗先生いなくて、つまんない」

ぷぅっと頬を膨《ふく》らませた奈津美に、如月が顔を曇らせる。

自分と正宗との関係は言うまでもなく、あの大切な手紙がどうなったのか、当然少女はなにも知らなかった。

患者と医者の一線は越せないが、彼女の気持ちはなによりも嬉しかったと、そう正宗から返事を受け取ったことを、奈津美は如月に教えてくれた。そんな子供騙《だま》しな言葉で、聡《さと》い奈津美を納得させたのだから、正宗の態度には余程誠意《せいい》が籠もっていたのだろう。

無論、偽りの誠意だ。

正宗には、近づかない方がいい。

いっそそう言って、奈津美を正宗から遠ざけてやりたかった。だがそんな権利《けんり》は、如月にない。

そもそも如月の言葉を、奈津美が信じるとも思えなかった。一カ月前だったら、如月自身信じなかっただろう。

「如月センセ急いでるみたいだけど、エレベーターでよかったの？」

「勿論だよ。ほら、エレベーターがきたよ」

心配する奈津美の車椅子を押し、ようやく到着したエレベーターへ乗り込む。

医師や見舞い客で混み合うエレベーターの奥に、見慣れた横顔があった。

正宗だ。

ぎくりとした如月の袖を引き、奈津美が耳打ちする。

「あ。あれ、院長でしょ？」

驚きを呑み込み、如月は改めて職員と談笑するその男を見た。

正宗と院長である正宗義展とでは、年齢が違いすぎる。しかし咄嗟に、如月が二人を見間違えるのも無理はなかった。それほど、正宗はこの叔父《おじ》によく似ている。

甘く整った容貌といい、目元の涼《すず》しさといい、きっと三十年前の院長は、正宗とそっくりだったに違いない。

如月の視線に気づいたのか、院長がこちらを見た。慌てて会釈《えしゃく》をした如月に、院長もまた笑顔を返す。

「センセ、降りるのって四階《ここ》でしょ？」

もう一度奈津美に袖を引かれ、如月ははっと扉を見た。

「ありがとう、今岡さん。じゃあまた」

目的階へ到着したことを知り、如月が弾かれたようにエレベーターを降りる。手を振る奈津美が扉の向こうへ消えると、廊下はいつもの静けさに包まれた。

事務棟へ繋がる渡り廊下を抜け、深く息を吸う。

「正宗先生、いらっしゃいますか」

辿り着いた先にある扉を、如月は拳で打った。

固く響いた音に、いつもと変わらない声が返る。開いた扉の向こうを、薄く翳《かげ》った日差しが照らしていた。

ぼんやりと、ものの輪郭《りんかく》を曖昧《あいまい》にする影が、明かりの消えた部屋を覆っている。事務机の前に座る正宗もまた、そんな淡い陰りに沈んで見えた。

常に華《はな》やかな空気の中心にいる、その男とは思えない。明暗が分かたれた世界のなかで、正宗の周囲は殊更《ことさら》くすんだ影を纏って見える。

こんな表情を、正宗は決して他の職員へは覗かせない。

ずきりと、左の胸が鈍く痛む。

それは奈津美を目の当たりにしたときに感じたものとは、異《こと》なる痛みだ。この数日間、幾度となく如月の胸を刺した痛みでもあった。

自分だけが知る正宗の姿が、ここにある。

それを思うとき、如月の胸は奇妙《きみょう》な感慨《かんがい》に脅かされた。

意地の悪い硝子球のような双眸も、ホテルで見たあの無感動な横顔も、全てが如月にだけ向けられるものだ。無論、正宗と関係を持った多くの女性が、同じ男の横顔を慰《なぐさ》めてきたのかもしれない。そうと分かっていても、胸に湧くこの形のないざわめきはなんだ。

これが、信奉者の心理というものか。

如月は外科医としての正宗を、絶対的なものとして憧れてきた。こんな関係になった今でも、その気持ちは消しがたい。そんな自分だからこそ、正宗の人間性を垣間見《かいま》た今、形のない優越《ゆうえつ》感が胸に芽吹《めぶ》くのか。

愚かなことだ。

この取るに足らない優越感が、正宗を拒絶できない理由だとすれば、自分は本当にどうしようもない。

「どうしたの。血相変えて」

立ちつくしている如月を見遣り、正宗がのんびりと尋ねる。

「本当、ですか…？」

絞り出した声が、低く掠れた。胸が喘いで、上手く言葉が選べない。

「昨夜…、嗣春さんの緊急《きんきゅう》手術をなさったって、本当なんですか？」

つい先程、看護師たちの噂を聞くまで、如月はなにも知らなかった。

一昨日のエレベーターでの一件が、これから自分にどう影響するのか、それはやはり不安だった。嗣春がその立場を利用し、如月を病院から追い出すのではないか。しかしそんな予想は正宗によって呆気《あっけ》なく払拭《ふっしょく》された。

ホテルから病院へと出勤した朝、男が囁いた言葉を思い出す。

心配はいらない、と。

正宗の庇護《ひご》を、期待するつもりは全くなかった。病院へ辿り着き、嗣春と遭遇《そうぐう》せずにすんだことに安堵はしたが、まさかこんな事態が起きていたとは。

「ああ、あれ」

驚いた様子もなく、正宗が頷く。

「どうして、こんな急に…。嗣春さんは…本当に……」

「本当に、なに？」

言葉の先を促されても、声が出ない。

自分に触った人間は、全て殺すと、そう呟いた響きが、ふるえと共に背筋を舐めた。

「ほ、本当に、ご病気だったんですか？　まさか……、一昨日のことがあったから、だから……」

あの夜に見た嗣春は、酔って取り乱してはいたが健康《けんこう》だった。

いかに急な変化があったとしても、本当に手術まで必要だったのだろうか。

声を絞り出した如月に、正宗が肩を揺らす。噴き出され、如月は眦を吊り上げた。

「なにがおかしいんですかっ」

「お前に手を出された腹癒せに、俺が健康な弟の腹を開いたって？」

改めて言葉にされると、あまりにも非常識な疑いに思われる。

「それが本当なら、俺はとんでもない人でなしじゃないか」

「それは……」

確かに、正宗の言うとおりかもしれない。しかしあの時ホテルで見た正宗の双眸は、陳腐な脅しを口にする男のものではなかった。

「分かったよ。想像力豊かな如月に、ご褒美《ほうび》をあげる」

唇を噛む如月を眺め、正宗が足元の保冷庫《ほれいこ》を開く。身構えた如月の目の前へ、男はことりと、ちいさな硝子瓶《びん》を置いた。

「これは…」

差し込む日差しが、冷えた瓶を淡く照らす。

正確には、そこに収められた物体《ぶったい》を、と言うべきか。

見慣れた標本《ひょうほん》用の小瓶には、まだ血の色を残す肉片《にくへん》が詰まっていた。

「嗣春の腹の一部。きれいだろう？　なんたって健康な肉体から摘出した臓器だからねえ。膿《うみ》もないし、鮮度《せんど》も抜群《ばつぐん》」

「……なっ！」

小瓶と男とを見比べた如月が、ぎょっと目を見開く。

「どうせもう嗣春には必要のないものだから、如月がいらなきゃ捨てていいよ」

正宗の声音には、一片の苦痛も悔恨もない。

どっと、背筋を冷たい汗が流れた。

まさか正宗は本当に、健康な弟の腹を開いたのか。

「や、やめて下さい！　先生、あなたは…」

「いらないの？」

「ご、ご自分がなにをしているか、分かっていらっしゃるんですか？　先生は実の弟さんを……」

舌が干上《ひ》がって、上手く言葉にならない。

蒼白になった如月に、正宗の肩がもう一度ふるえた。おかしくて仕方がないといった表情で、腹を抱えて笑い出す。

「なにがおかしいんですか！　正宗先生っ」

罵声《ばせい》はすでに、悲鳴のようだ。茫然と男を見た如月に、不意に正宗が笑いを収めた。

「……信じたの。如月」

ぴたりと、まるで刃物で断ち切られたように、正宗の声音から笑みが失せる。

「……え…？」

「嘘だよ。それは嗣春の臓器じゃない。ただのサンプル。嗣春の虫垂炎は誤診《ごしん》でね。開腹作業に入る前に手術は取りやめになったんだ」

「誤…診…？」

繰り返した声が、惨めに掠れた。

「そう。だから俺は、可愛い弟の腹を開く機会を逃したってわけ。……でも、やろうと思えば、いつでも切ってあげられるんだけどね」

低められた声と共に、正宗がにやつきながら如月を見る。

揶揄われたの、だ。

こんな肉片の小道具まで用意して、正宗は自分の反応を楽しんだのだ。ふるえる腕を振り上げ、如月が硝子瓶を遠ざける。

「……面白いですか？　僕を揶揄うのはっ」

声を迸らせた如月を、正宗が不思議そうに眺めた。

「揶揄う？　そんなつもりないよ。俺が医者になった理由が知りたいって言ってくれたのは、如月じゃないか」

「はぐらかさないで下さい！」

眦を決する如月を眺め、正宗が立ち上がる。くすんだ日差しのなかで、男の影はより黒く映った。

「頭がおかしくなりそうだ。あなたと話してると、なにが本当なのか…」

本当のことなんて、なにもないのかもしれない。

最初から。

声を上擦らせた如月へ、正宗が一歩を踏み出す。逃れようとしたが間に合わず、強い腕が如月の肘を摑んだ。

「放……」

「本当のこと、か…」

腕へ食い込む力とは対照的に、その声は静まり返っている。反論の言葉が喉に詰まり、如月は男を睨み上げた。

「本当のことって、なんなんだろうな。俺にもよく分からないけど、少なくとも俺がどうして医者になったのか、如月に話してみたいって思ったのは本当のことだよ」

「僕が言いたいのは……」

「ねえ。如月は、どうして臨床医に進んだの？」

唐突な正宗の問いに、如月の睫が揺れる。

それは先日、如月が尋ねたものと同じ問いだ。正宗が答えなかったように、自分にも話す義務はない。

「……初めは、特別医者になろうって思ってたわけじゃなかったんです」

ふるえる息が、声になる。

答えまいとした気持ちとは裏腹に、言葉はぎこちなく唇からこぼれた。

「高校の成績《せいせき》がよくて、医学部を勧《すす》められたとか、そういう感じ？」

批判《ひはん》を含まない正宗の声は、真摯でさえある。

睫を伏せると、白い容貌へ落ちる影が暗さを増した。

「…結局は、そんなところだったのかもしれません。漠然《ばくぜん》と、医者になろうっていう気持ちはあったんですけれど…」

同じ問いを正宗に向けておきながら、問い返されてみれば、自分には明確な答えがない。

人の役に立てる仕事に、魅力《みりょく》を感じていたのは確かだ。だがそれだけならば、医師以外にも道はあっただろう。

医者になるため、最初の選択《せんたく》を行ったのは大学受験のときだ。五十嵐のような人間になれるなら、と、兄と同じ医学部を志願した。特別な志望《しぼう》動機や目算《もくさん》が、あの時の自分にあったとは思えない。

「大学に入ってからは、この道以外、考えてこなかったんだと思います。試験に合格したら、当然臨床医を目指すんだろう、って。でも…」

言葉の最後に、ちいさな力が籠もる。

噛み締めるように、如月はでも、と、繰り返した。

「今は…この道を選んでよかったと、そう思ってます」

「どうして？」

言葉の先を求め、正宗が眉を吊り上げる。

「研究室での仕事も、確かに誰かの役に立てますが、やっぱり直接患者さんと接して働けるのは、毎日教えていただくことばかりで…。責任は重いですが、その分こんなにもやり甲斐《がい》のある仕事は、他にないと思います」

医者と患者の関係は、決して一方通行ではない。患者に教えられることは多く、困難な立場に立ち向かう彼らの助けになれたときほど、嬉しいことはなかった。

先日の正宗の手術などは、その最たるものだ。

見開かれた男の双眸に、如月が唇を引き結ぶ。

「変なこと言いましたか、僕…」

また、笑われてしまうかもしれない。目を伏せた如月に、正宗が首を横に振った。

「まさか。如月らしいなと思ってさ」

自分の内面について、今までこんなふうに言葉にしたことはない。しかも自分より遙《はる》かに経験のある男に、なんとを偉そうな言葉を向けてしまったのか。かっと頬が熱くなるのを覚え、如月は踵を返した。

「……失礼します」

「待って如月。なんで怒ってんの」

部屋を飛び出そうとした如月の腕を、正宗がもう一度摑む。

「…怒ってなんかいません。仕事に戻らないと」

目を逸らした如月に、男がにっこりと笑った。

「よかった。怒ってないなら今晩、俺とご飯食べに行こうよ」

「前にも申し上げたじゃないですか。正宗先生と二人では二度と食事には行きません」

きっぱりと首を振った如月に、正宗が口の端を吊り上げる。子供が悪巧《わるだく》みを思いついた、そんな顔だ。

「二人きりじゃないよ。俺の家で、家族と食うの」

「家族って…」

「勿論嗣春はまだ入院中だけど。あいつぎゃーぎゃー騒いで、他の病院に転院しちゃったからね」

さっと青褪めた如月に、正宗が肩を竦める。

「行きません。僕は…」

首を振るが、正宗が聞く耳を持たないことは明白《めいはく》だった。それに、と言葉を継いだ正宗が、如月の肘を撫でる。

「今の如月の話のお返しに、どうして俺が医者になったか、教えてあげる。俺本当に、誰にも話したことないんだよ」

ひそめられた声音に、如月の睫がぴくりと跳ねた。

信用など、できるわけがない。それでも如月の興味を引いたことを確信し、正宗が頷く。

「決まりだね」

やわらかな声の響きが、傾いた日差しに溶けた。


「機嫌直して」

唇を引き結ぶ自分とは、対照的な声音が運転席から響いた。溜め息を押し殺し、如月が暗い窓へ目を向ける。

「着いたよ。ここ」

車が止まったのは、緑の多い住宅街《じゅうたくがい》だ。正宗の車になど絶対乗るつもりはなかったが、逃げる間もなく助手席へ詰め込まれた。

促されるままシートベルトを外し、のろのろと扉を開く。時刻は、午後九時に近い。

如月の帰宅時間としては早いが、家庭での食事となるとやや遅いだろう。こんな時間に、本当に訪《たず》ねてよいものなのか。

思い返すまでもなく、一昨日の晩あんなことがあったばかりだ。嗣春が自宅にいないと言われても、それで安心できることなど一つもない。

溜め息をもらし、如月は尻ポケットの上から携帯電話を探った。一応今日は、夜勤の呼び出し組からは外れている。それでもなにかあれば招集《しょうしゅう》がかかるはずだが、こんな日に限って携帯電話が鳴る気配は全くなかった。

「こっち」

通りには、如月たち以外に人影はない。

都心にも関わらず古い町並《な》みが残るこの辺《あた》りは、目に映るどの家もが大きかった。案内された正宗の自宅は、それらのなかでも群《ぐん》を抜いて立派《りっぱ》なものだ。

「本当に自宅に連れて来られて、びっくりした？」

周囲を眺めた如月を、正宗が肩越しに振り返る。

「…正宗先生といると、びっくりしないことの方が少ないですよ」

皮肉を含まない嘆息に、正宗が愉快《ゆかい》そうに肩を揺らした。

「それって、違うものを期待してくれてたって意味？」

下卑《げび》た響きを隠さない男を、如月が無言のまま拳で撲つ。

「痛い！　痛いよ、如月」

殴られた脇腹《わきばら》を大袈裟《おおげさ》に庇《かば》うが、徹《こた》えていないのは明白だ。拳を避けようともせず、正宗は笑いながら三度撲たれた。

こんな子供みたいな笑みを見せられると、正直困る。できる限り関心のない表情《かお》を作るのだが、目はどうしても正宗を追ってしまう。

黒ずんだ石の門をくぐると、塀《へい》の内側は外から見る以上に広かった。左手に古い平屋《ひらや》があり、隣に立つ二階建ての建物と、渡り廊下で繋がっている。

「…なんか、意外ですね」

ちいさな呟きに、正宗が如月を見た。

「なにが？」

「正宗先生が、ご家族と暮らしてらっしゃるのが…」

正宗の女性関係は、言うまでもなく派手《はで》なものだ。きっと都内に瀟洒《しょうしゃ》なマンションでも借りて、気楽に暮らしているのだろうと、如月は漠然と想像していた。

「女の子を連れ込み易《やす》そうなマンションに、独《ひと》りで住んでるって思ってた？」

胸の内を見透かされた心地で、如月が眉をひそめる。

「それも悪くないんだけどね。でも俺、寂しがり屋さんだし。そのくせプライベートに他人を入れるのが苦手でしょ」

にこにこと笑う正宗は、どこまでが本気なのか分からない。

「如月と二人だったら、楽しく暮らせそうなんだけどね」

ちゅっと音を立て、頬へと唇を押し当てられる。あまりのことに硬直した如月を眺め、正宗が玄関《げんかん》の扉を開いた。

「ただいま」

趣《おもむき》のある玄関が、二人を迎《むか》える。

床や天井の木目がうつくしい、和洋折衷造《せっちゅうづく》りだ。念入りに手入れされた廊下には、塵《ちり》一つ落ちていない。飾られた花たちから、甘い香《かお》りが玄関いっぱいに漂っている。

「お客さん、連れてきたよ」

立ちつくしている如月に構わず、正宗が廊下の奥へと声を投げた。

「いらっしゃい」

すぐにちいさな足音が聞こえ、ほっそりとした女性が現れる。

如月の母と、あまり変わらない年齢だろうか。髪を焦げ茶色に染めたその人は、今もまだ艶《あで》やかな美貌《びぼう》を誇《ほこ》っている。

不意に如月は、この女性が、今立つ玄関の印象に酷似《こくじ》していることに気がついた。玄関と言うより、この家全体の雰囲気と言うべきか。

落ちついた華やかさのなかに、どこかひやりとした神経質さがひそんでいる。完璧《かんぺき》さへ固執《こしつ》する、人間味のないうつくしさだ。

「母さん、親父《おやじ》は？」

靴を脱ぎながら、正宗が夫人へと尋ねる。夫人の目が怖《お》ず怖《お》ずと、如月を見た。慌てて頭を下げた如月へ、夫人がどこかぎこちない笑顔を見せる。

一昨日の晩、如月と嗣春の間になにがあったのか、夫人がその事実を知るはずはない。そう思いはしても、指先がふるえた。

「今さっき、事務所を出たところですって」

「そう。じゃあ、もう飯にしようよ。どうせすぐ帰ってくるだろうし、俺も如月も腹減ってるから」

正宗の言葉に、夫人がそうね、と応える。

「正宗先生、私は別に大丈夫ですから、お父さんがお帰りになるのを、お待ちになった方がいいんじゃないですか」

廊下を行く正宗に、如月は小声で訴えた。

夫人の反応は、あまり正宗の言葉を歓迎していない様子だ。表面上は機嫌良く応じているが、やはり突然こんな時刻に訪ねて来た自分を、快く思っていないのかもしれない。そう思うと居心地《いごこち》の悪さに、一層息が詰まった。

「気にしなくていいよ。いつものことだから」

それは母親へ対する、正宗の要求《ようきゅう》のことを指しているのか。あるいは母親の態度を指しているのだろうか。

いずれにせよもう引き返すことはできず、如月は案内されるまま食堂へ向かった。

居間と瀟洒な格子戸《こうしど》で仕切られた食堂では、すでに一人の男性が寛《くつろ》いでいる。ほとんど準備の整った食卓を前に、青年は新聞を手に座っていた。

思えば、如月は正宗の家族構成を詳しく知らない。嗣春の他にも、兄弟がいるのだろうか。

新聞に目を落としていた青年が、扉が開いた気配に顔を上げる。その瞬間、悲鳴が迸りそうになった。

嗣春か。

「お帰り。兄さん」

正宗よりやや低い声が、兄、と呼んだ。

入り口に棒立ちになった如月が、席に着く青年を凝視する。

「ただいま、幹人《みきひと》。一番下の弟の幹人だよ」

正宗の声に、幹人と呼ばれた青年が眼鏡《めがね》を押し上げた。

嗣春に、よく似ている。だが注意して見れば、確かに別人だ。整髪剤で整えられた髪は黒く、縁のない眼鏡をかけている。

「いらっしゃい」

視線を合わせたまま、幹人が会釈した。

正宗に比べ、幹人の容貌は顎のあたりががっしりとしている。兄弟だと紹介《しょうかい》されれば納得するが、そうでなければ気づかないだろう。

自分と兄の五十嵐に似ていると、如月はちらりと考えた。

如月家の兄弟も、上の兄二人と違い、如月一人が母親の顔立ちを受け継いでいる。正宗が三人兄弟ならば、年齢的にも自分たち兄弟とよく似ていた。

「わ、私は如月と申します。今日は突然お邪魔《じゃま》して、申し訳ありません」

深く頭を下げた如月へ、正宗が椅子を勧める。礼を言って腰を下ろした如月を、幹人は興味深そうな様子で眺めていた。

やがて夫人があたたかな料理を食卓へと運び、男たちが箸《はし》を手に取る。如月もまた、家長の不在《ふざい》に恐縮《きょうしゅく》しながら、勧められるままに箸を持ち上げた。

「誠一郎、お料理、こんなのでよかったのかしら。あの…、如月さん…のお口に合うと、嬉しいんですけれど」

遅《おく》れて食卓に着いた夫人が、正宗と如月を交互《こうご》に見遣る。長い指で器用に箸を操りながら、正宗は機嫌のよい調子で頷いた。

「ありがとう。毒でも入ってない限り、母さんのご飯はなんでもおいしいよ」

正宗の軽口に、如月がぎょっとして男を見る。そこにあるのは病院で日常的に目にする、柔和で悪戯な笑顔だ。

「如月さんがなにをお好きか、分からなかったから…。ごめんなさいね。嫌いなものがあったら、遠慮せず仰《おっしゃ》って下さいね」

「僕、好き嫌いはないんです。それに本当においしいです」

夫人の言葉に、如月が首を横に振る。

食卓に用意された食事は、味は勿論盛《も》りつけも見事なものばかりだ。季節のものが並ぶ食材やそれを載せた皿の一枚まで、入念な心遣いが行き届《とど》いている。きっとどれも高価な食器ばかりなのだろう。染み一つないテーブルクロスを、自分の不作法《ぶさほう》で汚してしまったらと思うと、丁寧に裏漉《うらご》しされた根セロリのスープの味もよく分からなくなる。

料理は本当にうまいのだが、どうにも楽観的に、その味を楽しむ気持ちになれない。なんとはなしに感じる冷たい雰囲気が、じりじりと如月の胃を締めつけている。それはここが正宗の実家で、話題がいつ嗣春に及ぶか、それを不安がる気持ちからだけではなかった。

「本当においしい？　如月」

気軽な調子で、正宗が尋ねる。頷いた如月に、男が眼を細め、赤いソースが添えられた皿を示した。

「よかった。きっと嗣春も喜んでるよ」

白い皿の縁《へり》を、正宗の爪がかつんと鳴らす。たった今口に運んだそれは、赤ワインで煮《に》込まれたやわらかなレバーだ。

昼間、正宗に見せられた肉塊《にっかい》が脳裏を過る。

冗談だと、男は言った。だが今自分を見る、正宗の眼はどうだ。ぞっと悪寒が背筋を走り、如月は喉元へ手を当てた。

「あ……」

箸を、取り落としそうになる。

動転した如月の足へ、なにかが触れた。いやらしく足の甲を撫でられ、ぎょっと顔を跳ね上げる。

笑っていた。

サラダを取り分ける正宗が、にやつきながら如月を見ている。

「正…」

やわらかに膝をこすられ、かっと熱い怒りが胸に湧いた。自分はまた、揶揄われたのだ。

慌てて足を引くが、立ち上がることはできない。逃げ場のない食卓の下で、すぐに正宗の足に足を絡め取られた。

なにを考えているのか。

怒鳴りたい衝動が込み上げるが、それよりも見咎《みとが》められる不安が勝《まさ》った。

「如月さんは、正城のお医者なの？」

唐突に尋ねられ、如月がびくりとして幹人を見る。

「は、はい。そうです」

「それって、普通の先生？」

重ねられた問いの意味が分からず、如月は首を傾げた。

「…え？」

じっと如月を見詰めた幹人を、夫人が窘める。

「やめなさい、幹人」

「だって誠一兄さんがお客を連れてくるなんて、本当に初めてだから。どんな人なんだろうと思って」

意味あり気な幹人の視線に、正宗が平然と唇を吊り上げた。

「いかにも俺好《ごの》みの美人だろ」

ぐっと、動揺が喉を塞ぐ。噎《む》せるかと思った。

正宗は正気か。

食卓の下で、男が絡ませた足をそっとさすってくる。

まさか正宗が自分との関係を、家族に暴露《ばくろ》しているなどあり得るだろうか。いかに正宗が非常識でも、嗣春の一件や、男である自分と関係を持ったことを、家族に広言《こうげん》しているとは考えたくなかった。

「そ、そうねえ。如月さん、確かに日本人形みたいなお顔立ちでいらっしゃるから…」

如月のと言うよりも、正宗の機嫌を損《そこ》ねないように、夫人が会話を助ける。

「あんまり顔のこと褒めると、ぐーで殴られちゃうんだけどね」

楽しげに教え、正宗が幹人へ視線を向けた。

「如月先生はよくできた先生だよ。幹人も正城の派閥に興味があるなら、あそこに就職《しゅうしょく》し直せばいいじゃない。俺なんかのコネじゃ、清掃員《せいそう》がいいところだろうけど、もっと強力な縁故《えんこ》があるんだから、どっかにはもぐり込めるんじゃないのか」

明朗な声には、皮肉な響きなどわずかもない。

だからこそ、ぞっと背筋が冷たくなった。それは幹人にとっても同様だったのだろう。眉を吊り上げた幹人の背後で、インターホンが鳴り響いた。

父親の帰宅の知らせだろうその音に、夫人が弾かれたように席を立つ。

「ごめんなさいね、如月さん。誠一郎が家に誰かお招きするなんて、滅多《めった》にないことだから、幹人も舞い上がっちゃってるのよ」

取り繕《つくろ》うように言い置き、夫人は足早に玄関へ向かった。

「如月、もう少しサラダ食べない？」

箸を握ったきり動けずにいた如月へ、正宗がのんびりと声を投げる。非難を込めて睨むと、男がにこりと笑った。

「あんまり可愛い顔してると、ここでキスしちゃうよ？」

耳元で囁かれ、如月が密着した脛を振り払う。足を踏みつけてやろうとしたその時、食堂の扉が開かれた。

「誠一郎のお客さんだって？　珍《めずら》しいねえ。どうも、狭いところですが、いらっしゃい」

太い声と共に、背の高い男性が入り口をくぐる。

視線を上げた如月は、奇妙な違和感に目を瞠った。

「お邪魔しています。如月と申します」

「悪いね父さん。先にご飯、食べさせてもらってるよ」

「構わないさ、そんなこと。どうぞ、ゆっくりしていって下さい」

目を細めて如月を眺め、父親が正宗の隣へ腰を下ろす。

穏やかな物腰の男性だ。なにより如月の目を引いたのは、その容貌だった。

多少痩せている点を差し引いても、父親は三男の幹人と恐ろしいほどよく似ている。延《ひ》いては、嗣春もまた、父親に似ているということだ。

一人だけ、異端《いたん》な者。

それが隣に座る、正宗だった。

「如月さん、ビールいかがです」

父親にビールを勧められた如月のため、正宗がうつくしいグラスを差し出す。

「ほら、如月」

「……ぁ…」

礼を言って受け取ろうとした如月は、グラスが指先からすり抜ける感触に双眸を見開いた。

一度食卓へ転がったグラスが、止める間もなく床まで落ちる。手を伸ばしたが間に合わない。硝子が砕ける鈍い音に、如月はびくりと体を竦めた。

新しいビールを手に台所から戻った夫人が、信じられないものを見る目で立ちつくす。

「すみません、手が滑ってしまって…」

己《おのれ》の失敗に、血の気が引いた。すぐに席を立ち、破片《はへん》を集めた指先へ鋭い痛みが走る。

「……っ」

動揺のあまり、不用意にも破片で指先を切ったのだ。傷は浅いが、外科医として指に怪我をするなど、不注意極まりない。

「まあ！　なんてことを…！」

取り乱した声を上げ、夫人が駆けつける。如月の怪我は勿論だが、割れたグラスによって家が汚れ、場が乱れたことこそが彼女には我慢のならないことだったのだろう。

「本当にすみませんでした」

謝罪を繰り返した如月の頭上で、息を呑む音が聞こえた。

がしゃんっ、と、重い物音が続く。

陶器《とうき》が砕ける大きな音に、はっとして一同が顔を上げた。

「悪いね」

謝罪の声が、のんびりと響く。にこやかな正宗の双眸が、水を打ったような沈黙のなかで一人一人を見回した。

男の足元には、料理と共に白い陶器の破片が散らばっている。砕かれたその平皿は、食卓でも特に精巧《せいこう》な一枚だった。

「手が滑っちゃった」

悪びれない正宗に、声を返せる者は誰もいない。正宗が意図的に皿を落としたことは、現場を見ていない如月でさえ分かった。

「ご、ごめんなさいね、誠一郎。すぐに片づけるから」

すっと立ち上がった夫人が、廊下へと駆ける。まるで仕掛け人形のような素早さだ。

息子を溺愛《できあい》する母親の後ろ姿とも違う。

恐れているのだ。

正宗を。

その確信が、如月の指先を冷たくした。

「座りなよ、如月」

平静な声に、びくりとして視線を巡らせる。テーブルクロスに肘を置き、正宗が如月を見ていた。

「グラスは母さんが片づけるから、食事を続けて」

しなやかな指が、如月を促す。

開かれた窓から、少しだけ欠けた月が見える。

大きな窓だ。庭へ台形に迫り出した三面を、腰のあたりから天井まで、磨《す》り硝子が覆っていた。その窓辺に立ち、男が体を折り曲げ笑っている。タイルが敷き詰められた部屋のなか、正宗の笑い声はひどく明朗に響いた。

「…いつまで笑ってるつもりですか」

窘める如月の声は、不機嫌ではあるものの力ない。

涙さえ滲ませる正宗は、おかしくて仕方がないといった様子だ。如月から見れば、おかしいのは正宗の方だった。

夕食後、指の手当てを理由に、如月は離れの建物へ誘われた。黒々とした廊下や柱の太さから考えて、こちらの屋敷《やしき》は相当古いものなのだろう。当時としては最先端だったと思われる洋風の建物は、大きな木製の扉によって幾つもの部屋に区切られていた。如月が通された部屋も広く、入り口の右手側には大きな手洗い場がある。漆喰《しっくい》の壁で囲まれた部屋の中央には、排水口《はいすいこう》までもが設《もう》けられていた。

「……私は、もう帰りますから」

好きなだけ、笑っていて下さい。

そう嘆息し踵を返した如月を、正宗が引き止める。

「ごめん。如月があんまり素直だから、俺、我慢できなくて」

詫びながらも肩をふるわせる正宗に、如月は唇を引き結んだ。

「私を揶揄うのは、そんなに楽しいんですか」

これも全て、自分への嫌がらせか。それ以外に、あれほど居心地の悪い食事に誘われた理由など思いつかなかった。

「揶揄う？　俺が如月を？」

心外そうに返され、如月が眉根を寄せる。そんな如月を上目遣いに眺め、正宗が出窓の枠へ腰を下ろした。

「俺が医者になった理由が知りたいって言ってくれたの、如月だろ？」

「理由？　はぐらかすのは…」

声を尖らせた如月へ、正宗が長い腕を伸ばす。

「……っ」

そっと手首を包み取られ、如月は喉を引きつらせた。逃れようとするのを許さず、指先を口に含まれる。そこは先刻グラスで切った、傷口だ。

「あれが、俺が医者になった理由」

静かな声音に、如月が眉をひそめる。

「なにを…」

「嗣春と幹人。よく似てるだろう。二人共、親父の若い頃にそっくりでね」

確かに正宗の二人の弟は、父親によく似ていた。食卓の席で感じた違和感が蘇り、如月が胸を喘がせる。

「…それがどうしたって言うんです。兄弟だからって全員が同じ顔なんてこと、あり得ませんよ」

「確かに、似てない兄弟や親子なんて珍しくないよね」

如月の言葉を肯定《こうてい》し、正宗がにこりと笑った。だがその双眸に落ちるのは、荒涼《こうりょう》とした冷たさだ。

この人が告白しようとしている言葉を、聞いてはいけない。そんな恐怖が、不意に如月の喉元へと迫り上がる。

「如月は、院長の顔、思い出せる？」

問われるまでもなく、院長である正宗義展の顔を思い出すなど容易なことだ。信じられない思いで、正宗を見下ろす。

今自分を見上げ、その指先を囓る男の容貌こそが、若き日の院長そのものだった。

「院長は、種なしじゃなかったってわけさ」

「…正宗先生、あなた……」

「院長、正宗義展の息子だよ。ただし母親は正妻じゃなくて、兄の妻だったんだけどね」

平然と告げ、正宗が薬箱を開く。傷の手当ての片手間に、語るような話題とは思えない。しかし男の表情には、なんの感慨も浮かんではいなかった。

「よくある話だよ。火遊びのつもりが失敗して、子供ができたなんてのは。でもうちは曾祖父《そうそふ》の代から土地に一軒しかない開業医でね、体面《たいめん》だけはご立派なんだ。叔父も母も、慌てて別れて、母は俺を夫の子供として産んだ」

言葉を切り、正宗がぐるりと室内を見回す。

「ここ、開業医当時の手術場なんだ。なかなか面白いだろ」

言われてみれば、確かにその特異な造りが頷けた。

手術場とは、近代的な設備を備《そな》えた手術室の前身《ぜんしん》だ。患者を運び入れるのに便利な幅広《はばひろ》の引き戸や、採光《さいこう》に優《すぐ》れた大きな窓、入り口近くの水場など、改めて見るとそのどれもが手術場としての理《り》に適《かな》っている。

昭和《しょうわ》初期の外科医は、こんな場所で下駄《げた》を履《は》き、手術に挑《いど》んだのだ。徹底《てってい》した清潔さを求める近代的な手術室と比較すれば、あまりにも無謀《むぼう》な設備に思える。この手術場が現役《げんえき》だった時代は、設備どころか麻酔も今より効果が薄く、苦痛を感じながらの手術であったらしい。初めて目にする手術場に、如月は以前読んだ、結核《けっかく》治療手術の記述《きじゅつ》を思い出していた。

「気に入った？　この部屋」

正宗の声に、如月がはっと我に返る。

「俺もここが一番好きなんだよね。母さんと叔父貴も、昔は随分、この離れで会ってたらしくてさ。母親は今でもここを早く取り壊《こわ》して、なかったことにしちゃいたいらしいんだけど」

「……そんな…こと…。僕には…勿論事情は分かりませんが…、それでも先生を産みたいと思ったのは、お母様の愛情あってこそのことじゃないんでしょうか」

どんな事情があっても、母親にとって正宗が実の子であることに変わりはない。言葉を選んだ如月に、正宗が眼を細めた。

「…如月は、やさしいね。初めて医局で会ったときから思ったよ。きっとちゃんとした家庭で育ったんだろうなって」

その声に、皮肉はない。

どこか眩《まぶ》しそうな正宗の双眸から、如月は視線を背《そむ》けた。唇を噛んだ如月へ、そっと正宗が指先で触れる。

「そんな顔しないでくれ。責《せ》めてるわけじゃない。ただ俺がこの家で育てられたのは、人より少し頭がよかったのと、外科医としての資質を持ってた、それだけの理由からだ」

「やめて下さい！　…そんな、ご自分を…否定するようなことをおっしゃるのは…」

慰められるべきは、自分ではない。

そもそもこんな打ち明け話を切り出しながら、正宗は慰めなど期待していないのだろう。なんの痛みも映さない双眸こそが辛《つら》くて、如月は顔を歪めた。

「少なくとも母は、否定したかったみたいだよ。俺の知能の高さに気づいた祖父母が、跡《あと》取りとして溺愛したもんだから、育てざるを得なくなっただけさ。ちいさい頃は本当に何度も、なかったことにされそうになった」

肩を竦めた正宗が、低い位置から如月を見る。嫌な胸騒ぎに、如月は眉間を曇らせた。

「なかった、こと……」

「夜中に息苦しくて目が覚めると、隣の部屋で寝てたはずの母が俺の部屋にいるんだ。俺の首を押さえて、ね」

思い出すように、正宗の唇がちいさく笑う。

面白いことなど、なにもない。叫び出してしまいたい如月とは対照的に、正宗の双眸は冷静だった。

微塵《みじん》の動揺もなく、如月を見る。

「痕が残らないように、枕《まくら》を使うんだ。俺が眼を覚ましてもがいても、押さえつけて、見下ろしてくる。すごい、目の色をして」

ぱたんと乾いた音を立て、正宗が薬箱を閉じた。

それは果《は》たして、語り慣れた真実だろうか。

いや。違う。

淀《よど》みのない言葉の正確さは、男が現実に晒《さら》された長さの裏返しだ。ちいさな頃、と正宗は言うが、男は今もこの実家で暮らしている。

腫れ物に触るようなよそよそしさと、嫌悪を含んだ食卓の雰囲気を思い出し、如月は喘ぐように息を吸った。

「どうしてそんな話を、僕に…」

叔父の義展を含め、自分たちは同じ職場の人間だ。いかに私的なこととはいえ、滅多な人間の耳に入ればどんなことになるか。

「だから、如月が聞いてくれたから。理由を」

駆け引きのない声に、如月は自分の体がふるえるのが分かった。

「…先生は、本当の父親と同じ外科医の道を選ばれた…」

戸籍《こせき》上の両親は、正宗にとって精神的な庇護者ではあり得なかったかもしれない。大人たちの傲慢《ごうまん》を憎みながらも、正宗は実父《じっぷ》と同じ道を目指した。それがここで生き抜くと同時に、正宗にとって父親へ近づく唯一《ゆいいつ》の手段だったのだ。

「そうなれば、病院が俺のものになるだろうって、分かっていたからね」

予期しなかった答えに、如月が目を見開く。

「え…」

「ついでに、親父の会社も俺が継がせてもらおうと思ってるんだ。嗣春や幹人には悪いけれどさ」

不透明な未来を、正宗は単純に断定《だんてい》した。

如月の知る正宗は、輝かしい道を歩みながらも出世欲《しゅっせよく》とは無縁の存在だ。しかし目の前の男は、強《ごう》欲《よく》ともいえる野心を、呆気なく口にした。

「正城医院へ残るおつもりなんですか…？　それじゃあ、大学は…」

「方法は幾らでもある。それに、時間も」

確かに院長の座に着くことだけが、病院を掌握《しょうあく》する方法ではない。それに院長も、今はまだ現役だ。

しかし正宗の言葉が具体的になにを指すのか、如月は知りたくなかった。

「俺が医学部に合格するまで、叔父貴の関心は病院にしかなかった。母親は自分と家の体面を守るのに必死。戸籍上の父親も、病院の代わりに祖父から受け継いだシルバービジネスで手一杯」

あそこに見えるだろう、と、正宗が窓の外を指す。塀を隔《へだ》てた影の向こうに、大きな建物が見えた。

この家へ来る途中、車からも見えたものだ。

「考えてみれば、全部を手にするのに俺ぐらい適任者《てきにんしゃ》はいないだろ。次男の血を引いて、長男の家で育って。俺は優秀な男だからね。彼《かれ》らが守ろうとしたものくらい、纏めて継いでやれると思わないか」

正宗は外科医としての技術に加え、非常に明晰《めいせき》な頭脳《ずのう》の持ち主だ。病院や会社を継ぐことも、正宗自身が望めば、感謝《かんしゃ》と共に迎えられるに違いない。無論、障害がないわけではなかった。

副院長や正宗の弟たちは、兄一人が全てを引き継ぐことを喜びはしないだろう。私立病院ではなく、正宗は大学病院でより高い場所を目指せる男だ。そんな兄が、正城医院や会社まで掌握するとなれば、怒りがいや増すのは必至《ひっし》だ。

「…全部をご自分のものにして、どうするつもりなんですか」

「さぁ、どうしようね」

正宗の答えは、半ば如月が予想したとおりのものだった。

「取り敢えず、叔父貴や親父が執着してるってものを、全部俺のものにしてみようと思ってさ。そこそこ金や権力があるってのも、悪い話じゃないだろうし」

さっぱりと笑う正宗の声音には、気負いなどなにもない。

それが余計に、如月の胸の内を冷たくした。

正宗が何故、医者の道を選んだのか。

そこには如月が期待したような、利他的な熱意などなにもない。利己的な、学術的興味でさえなかった。人道的な目的とは対極の、最も個人的な動機から、正宗は医学の道を選んだ。

正宗にとってそれ以外、この家庭で身を守る術はなかったのかもしれない。だが成人し、経済的に自立できるだろう今でも、男はここに住み続けている。

復讐《ふくしゅう》か。

生きてそこに在《あ》ることが。日々メスを握ることこそが、自らの境遇《きょうぐう》への復讐だというのか。解《わか》らない。正宗ほどの男が、何故自らを縛る足枷《あしかせ》を捨ててしまえない。それともそれだけが、正宗という男を動かす、ただ一つの原動力なのか。

「…如月……？」

正宗の声が、間近から自分を呼ぶ。

人を食ったような男の声に滲む動揺を、如月は不思議な思いで聞いた。

男の手が、頬へと伸びる。そっと、確かめるように撫でた指先が、透明なしずくにぬれていた。

「……ぁ…」

茫然と瞬いた睫から、水滴《すいてき》が散る。恐る恐る自らの頬へ触れて、如月は初めて自分が泣いていることを知った。

「待って！」

慌てて顔をこすろうとした手を、正宗が摑む。泣き顔を隠すことができず、如月は狼狽《ろうばい》した。

頬を伝った涙が、冷たいタイルへ落ちる。

見開いた瞳から、涙は止まることなくあふれ続けた。

「泣いてるのか…、お前…なんで……」

痛いほどに感じる正宗の視線から、身を隠そうと喘ぐ。

「放…」

「…ごめん。やっぱ深刻《しんこく》な顔して話すようなことじゃなかったよね」

如月の涙を見詰め、正宗が困ったように笑った。もう一度頬を辿ろうとした男の指を、如月が力任せに打ち払う。

「どうして…！」

喘いだ胸が、苦しい。

引きつった声音に、正宗が驚いたように如月を見た。

「どうしてそんなふうに…笑うんですか。的外《まと》れなこと言って…笑えるような話じゃないのに…！」

「……如月…」

泣くことも、怒鳴ることも、全てが無意味だと知っている。それでも、詰《なじ》る声を止められなかった。

「確かに、色々事情はあると思います。でも、そんなふうに笑わないで下さい。また…、嘘をつかれてるみたいだ。あなたの本心は……」

本心なんてものを、自分は正宗に求めているのか。口を突いて出た言葉に、鼻腔の痛みが酷くなる。

「あ…」

腕を振り払い、逃れようとした如月の鳩尾《みぞおち》へ、唸るような吐息が触れた。長い腕が如月の腰へ縋《すが》り、引き寄せる。

縋る、と、正宗の力をそう感じた途端、涙は再び熱く、如月の頬をぬらした。

「怖いんだ」

如月の腹へ顔をうずめ、男がくぐもった声をもらす。

「全部が俺のものになっても…捨てても…、なんにも変わらないことぐらい分かってる。でも俺は…」

接した体が、声のふるえが、鬩《せめ》ぎ合《あ》う男の内側を如月に教えた。

正宗の明朗さは、何者の侵入《しんにゅう》も許さない高い壁だ。笑顔によって、男の内側から排斥《はいせき》される。同僚も、患者も、家族も、そして正宗自身も。

「怖いんだ、如月」

繰り返した男が、如月の背中を辿り、項を引き寄せる。

されるがまま、如月は膝を折り正宗の力に任せた。目を、閉じる。

大きな掌が、そして指先が、忙しなく如月の背中を確かめ、抱き締めた。しかし如月は、抱かれているわけではない。

抱いているのは、自分だ。

この腕が今、縋りついてくる男を抱き締めている。

「俺は普通じゃない」

絞り出されたその声に、ふと冷たい、無感情な響きが混ざった。

指先に探り当てられた唇へ、正宗の唇が重ねられる。初めて触れたようにふるえた唇が、もう一度、今度は深く合わせられた。

「……ん…」

舌先がそっと唇を割り、内側へと滑り込む。項を撫でた掌に促され、如月は抗わず口腔へと男の舌を招き入れた。

「…ぁ…」

瞳を閉じていても、正宗の双眸が自分を凝視しているのが分かる。試すような、そんな眼ではない。ひどく真剣な視線が皮膚を刺し、鼓動がうるさいほど胸を打った。

「俺を、拒まないでくれ…。如月」

それは懇願の声だ。

下肢《かし》へと伸びた正宗の指が、ファスナーを引き下ろしてくる。

いつになく乱れた息遣いが、頬骨の真上をくすぐった。着衣を引き下ろされ、ふるえた膝ごと引き寄せられる。

「……ん…、ぁ…」

しなやかな指にまだ反応のない性器を押され、如月は喉を鳴らした。性器を握った正宗の指へ、苦しみながら指を伸ばす。

「や…やめましょう。こんなところで…」

離れとは言え、同じ敷地には正宗の家族がいる。しかし言葉とは裏腹に、ひそめた声音は男の指を欲しがるように掠れた。

「ぁ……っ」

人差し指と中指とで性器を挟まれ、如月の体がしなる。ぐりぐりと強弱をつけて揉まれると、性器はあっさりと育ち、男の指へ応えた。

「欲しい」

低い声が、欲望を告げる。

ぞくりと、なまあたたかい痺れが背中を包んだ。

隠すこともできないまま潤《うる》み、赤く染まった眦を、正宗の舌が舐める。出窓へ座る男の膝へ導《みちび》かれ、如月は迷いながらも足を開いた。剥き出しにされた尻を左右から摑まれ、喉を反らせる。

「如月だけでいいんだ」

囁く男が、音を立て耳殻を舐めた。

大きく開いた尻を支え、指が皮膚の薄い部分へも触れてくる。

「…や…ぁ……、正宗先……」

蛍光灯《けいこうとう》が灯された室内は、明るい。体を隠すどころか、誰かに見咎められるのではないか。そんな不安に怯《おび》えながらも、如月は男の腕を振り払えなかった。

「今すぐ、全部…俺の……、俺だけのものにしたい」

耳殻を嚙んだ唇が、繰り返し名を呼んでくる。

ねちゃっ、と、指が入り込んだ直腸で、粘った音がした。正宗の指が、救急箱から拾った軟膏《なんこう》を尻へと塗り広げる。器用な指が動くたび、目で確かめられない場所でくちゃくちゃと軟膏が鳴った。

「……ん…、ぁ…、痛……」

正宗に触れられることを覚え始めた肉体は、もっと深い部分に注がれる刺激を知っている。不安定な膝の上で互いの下腹が密着し、如月は男の肩へ額を押しつけた。

「如月、俺を見て」

舌先が、請う動きで耳殻をいじる。

呼吸が苦しい。先刻とは質を違《たが》えた涙が、長い睫を重くした。

瞬いた視界に、自分を見る男の双眸が映る。欲情よりも濃い希求《ききゅう》の色が、如月の脳裏を焼いた。

「正宗先生……」

背中に回した指に力を込め、そっと正宗の唇へ唇を押し当てる。

初めて自分から触れた唇が、ちいさな音を立て重なり合った。

「先生……」

奪われるのではなく、望んで重ねた唇の間で、囁きがふるえる。


「うっわ、薬のオーダーもう終わったの？　如月本当、仕事が早いなー」

大きな声と共に手元を覗き込まれ、如月が書類から顔を上げる。大谷と片岡健吾《かたおかけんご》が、夕食らしい紙袋を手に立っていた。

夕食と言っても、時刻はすでに午後十時近い。大谷たちに限らず、医局には疲れた顔が目立ち始めていた。

「大谷さんたち、これから食事ですか？」

「三〇七号室の患者さん、今日生検《せいけん》の結果が出たんだけど、グループ三だって言われちゃってさ。これからもう一回、ＣＴの再検討《さいけんとう》してみようかと思って」

今夜も帰れそうにないと嘆《なげ》き、片岡が如月の隣へ腰を下ろす。髪を五分刈《が》りにした片岡は、大柄で筋肉質な男だ。病院に籠もりがちの生活をしているくせに、浅黒く健康そうな顔色をしている。

「前の病院で生検したときには、グループ四だったたって話なんですよね」

如月の言葉に頷き、大谷がカップラーメンの蓋を開いた。

「明日一度、正宗先生に相談してみようかな」

「いいよな、正宗先生って。俺らがどんな質問しても、嫌な顔しねーんだもん。俺も安心して如月を預けられるってもんだ」

大谷の言葉に、思わずどきりとする。

無論、友人たちに他意《たい》はない。

自宅に招かれた晩以来、正宗との関係は今まで以上に親密《しんみつ》なものになっていた。その親密さが、先輩医師と後輩の間柄《あいだがら》を越えているのは明らかだ。

「文献《ぶんけん》にも詳しいしさ。今日も学会《がっかい》で千葉《ちば》だっけ？　すげえよな。大きな手術が続いてたのに。いつ寝てんだよ、あの人」

感嘆し、大谷がラーメンを啜《すす》る。

「仕事もプライベートも充実ってやつ？　最近すげー機嫌いいって話じゃん」

「井口製薬のMRだっけ。や、今は違うのか…？」

「看護師の前田《まえだ》さん…はもっと前か。誰とつき合ってんのか知んねーけど、女の方がほっとかねーよなァあんな人」

「でもあんだけモテまくってても、正宗先生だと思うと腹立たねーから不思議な。で、どうなの如月、お前ちゃんと飯食ったのか？　忘れて仕事してるとか言うなよ」

唐突に話を振られ、如月は鳶色の目を瞬かせた。

「え？　あ、あぁ…。さっき、食べたけど」

友人たちの噂話に聞き入っていた自分を、内心恥じる。

自分の正宗に対する見解《けんかい》は、つい数日前まで彼らと同じ程度のものでしかなかった。今挙《あ》げた女性たちの名に、自分が組み込まれていることを知ったら、ふたりはどんな顔をするだろう。

大谷たちが言う通り、正宗の周囲には黙っていても女性が群《むら》がる。正宗の家庭環境《かんきょう》を知った今となっては、そんな女性たちと片端《かたはし》から関係を持っていたであろう男の情動が、分かるような気がした。

尤も、理解できるわけではない。

正宗の生《お》い立ちを、ありふれた不幸と言ってしまえばそれまでだ。しかし苦痛の本質など、当事者以外理解できるはずがない。

「如月は今日も弁当だったの？　いいよなー。俺もたまには、添加物《てんかぶつ》の少ない飯が食いたいよ」

二つ目のサンドイッチを齧り、片岡が羨んだ。

「父親が会社に弁当を持って出てたから、習慣になってるだけなんだけどね」

「贅沢《ぜいたく》ー。でも俺、なんか最近如月がまた痩せたんじゃないかって心配で心配で…。弁当、ちゃんと残さず食べたか？」

「大谷、如月のパパみたい。まー過保護になる気持ちは分かるけど」

友人たちに指摘されるまでもなく、如月は物質的にも精神的にも、満たされて育った。日々の軋轢《あつれき》や不満は人並みにあるが、結局はその程度でしかない。

正宗の自宅での食卓を思い出し、如月は唇を引き結んだ。

正宗が自分の家庭を覗いたなら、それはどのように映るのだろう。

憧憬か。あるいは、嫌悪か。

「如月先生いますか？　お電話ですよ」

席を立とうとしていた如月は、かけられた声に礼を言い、受話器を取った。電話を切り替えてくれた先輩女医の声が、笑っている。

「お待たせしました。如月です」

訝しんだ如月の耳元で、やわらかな息が揺れた。

「先生、パンツなに色？」

「……穿《は》いてません」

即座に応え、電話を切る。叩きつけられた受話器の音に、片岡がびっくりしたように如月を見た。

「……穿いてないって？」

なにを、と首を傾げた大谷の目の前で、再び電話が鳴り始める。電話機ごと摑み、如月は机の端へ移動した。

「…はい。医局です」

「本当に穿いてないの？　ノーパンで出勤はまずくない？」

努めて冷淡な如月の声に、正宗が真剣に問う。

「仕事中です」

車からかけているのだろうか。素っ気なく応え、如月はもう一度受話器を置こうとした。

「待って切らないで！　医局にいるってことは、急患とかはないんでしょ。俺も学会《こっち》の用が終わったから、遅くなったけど今から迎えに行くよ」

受話器の向こうから、必死な声が訴える。飾り気のない響きに、如月は長い睫を伏せた。

「急患はないんですが…すみません。折角《せっかく》お約束していたのに、実は今日どうしても抜けられない用事ができてしまって…」

「ごめん。そんなにパンツのこと怒ってる？」

素直に詫びた男に、如月が首を横に振る。

正宗の声に宿るのは、他の職員や患者へ向けられる明朗さとは違う。笑うときも困るときも、正宗は心から寛いでいた。

懐《なつ》き始めた、犬のようだ。

だが如月は男が決して、従順な犬などでないことを知っている。

「そうじゃなくて…本当に急用なんです。今日は先生もお疲れでしょうから、ゆっくり休んで下さい」

「俺如月とエッチする体力くらいあるけど？　待ってようか、用事が終わるの」

わざとらしく駄々《だだ》を捏ねる正宗に、如月は眉を垂れた。

「何時になるか、分からないんです。明日のこともありますし…」

断りを重ねた如月に、正宗がゆっくりと溜め息を吐く。

「…俺は今すぐ、如月が欲しいな」

衒《てら》いのない響きに、不覚にも背骨がふるえた。皮膚の下がざわついて、ここが医局であることを忘れそうになる。

過去において、誰かにこんなにも真っ直ぐに求められた経験など、如月にはない。

しかも相手は、憧れ続けた先輩だ。無論自分が、正宗にとって必要な人間だなどと、思い上がっているわけではない。正宗が期待するのは、過去に多くの女性が注いだものと同じ、水道の蛇口《じゃぐち》を捻ればでてくる、そんな愛情なのだろう。

「正宗先生、……お願いします」

大谷たちに聞こえないよう、如月は小声で繰り返した。そもそもこんな駆け引きじみた会話は、得意ではないのだ。

「……分かったよ。今日は諦める。あーあ。俺如月に話したいことがあったのに」

大袈裟な正宗の溜め息に、ほっと肩から力が抜ける。

「ありがとうございます」

「あんまり露骨《ろこつ》に喜ぶなよ。ひどいことしてやりたくなるだろ」

物騒《ぶっそう》な言葉だが、正宗に怒気はない。

「話がしたいのは本当。俺、まだ如月に嘘ついてることがあるから、早く話しちゃいたいんだよ」

甘い声で誘われ、如月は唇を引き結んだ。

「好奇心が疼《うず》かない？」

「全部懺悔《ざんげ》されたら、きっと朝になりますよ」

ちいさく笑うと、電話の向こうで正宗もまた声を上げて笑う。重ねて謝罪し、如月は受話器を置いた。

「なー穿いてないってなにが？」

電話が終わるのを待ちかねたように、大谷が真顔で尋ねてくる。

「なんでもないよ。冗談ばっかりで困る、正宗先生は」

肩を竦めてみせた如月に、なんだ正宗先生か、と大谷たちが頷いた。幸い友人たちの耳に、会話の詳細《しょうさい》は届いていないらしい。それ以上詮索《せんさく》されなかったのを幸いに、如月が席を立つ。

「もう帰るのか？」

「ごめん。お先に。二人もあんまり無理しないで」

本当はすぐに、病院を離れるわけではない。だがそれを話すことはできず、如月は一人医局を後にした。

更衣室で着替えをすませ、エレベーターへ乗り込む。

一階ではなく、如月は最上階《さいじょうかい》へのボタンを押した。

辿り着いた屋上は、昼間とは違い夜は厳重《げんじゅう》に施錠《せじょう》されている。しかし今夜に限っては、教えられたとおり非常口の扉が開いていた。

「五十嵐先生」

人の気配が絶えたベンチに、一つきり影が落ちている。

囁くような声に、五十嵐が顔を上げた。

屋上を囲う柵《さく》を抜け、なまあたたかい風が吹いてくる。考え事をしていたのか、夢から覚め出たような目で、五十嵐が如月を見た。

「侑那…、よかった。来てくれたのか」

姓ではなく名を呼ばれ、如月が足を止める。

「ごめんなさい。待たせましたか」

「い、いや…大丈夫だ。悪かったな。急に呼び出したりして」

周囲に人の目がないことを確かめ、如月はベンチへと歩み寄った。

夜の屋上というのは、あまり気味のよいものではない。剥き出しのコンクリートが冷たそうで、落ちつかない気持ちにさせられる。

何故夕方になって突然、兄が自分を呼び出したのか。几帳面《きちょうめん》な兄にしては珍しい、強引な誘いだった。電話ですませたり、自宅では話《ほ》せ《ご》ない用件なのだろう。

いずれにせよ、今夜の約束を反古《ほご》にする理由を、正宗に追及《ついきゅう》されずにすんだことは幸いだった。

正宗にはいまだに、自分と五十嵐とが兄弟であることを伝えていない。話してしまいたいが、どう切り出せばいいのか、如月はその機会を見出《みいだ》せずにいた。

真実を話した途端、疎《うと》まれ遠ざけられるかもしれない。

自分の想像に、ちいさく唇を噛む。恐れているのか。正宗を失うことを。

それが外科医としての正宗なのか、ただの男としての存在なのか、如月には判じられなかった。

「この前渡した、あの額だが…」

隣へ腰を下ろした如月を見詰め、五十嵐が呟く。

「え？」

訝しんだ如月の視線から、五十嵐が目を逸らせた。彫りの深い兄の横顔には、先日よりもはっきりと、疲労の影が滲んでいる。体ごと五十嵐へ向き直り、如月はそっと腕を伸ばした。

「…どうしたんですか、急に。なにか、悩《なや》み事でもあるんですか？」

静かな声音に、兄の顔が引きつる。

「兄さん」

重ねて、如月は五十嵐を兄と呼んだ。ふるえながら、それでもゆっくりと五十嵐の肩から力が抜ける。

「……侑那は、正宗先生に随分…可愛がられているそうじゃないか」

喉に絡んだ声に、鳩尾を打たれた心地がした。

まさか。

まさか兄は、自分と正宗の関係に気づいたのか。いや、そんなはずはない。そんな恐ろしいことは。

「あ、あの…」

「侑那に、頼みがある」

落ち窪んだ眼で見上げられ、如月が喘ぐように息を呑む。

「正宗先生の書類に、近づける人間が必要なんだ」

「え…？」

低く続けられた言葉に、如月は再び眉をひそめた。

「簡単なことだ。少しだけ正宗の…、ある患者に関する書類を借り出してきてくれればそれでいい」

「な…、兄さん、一体なにを言って…」

「侑那」

強い力で腕を摑まれ、如月がたじろぐ。自分を凝視する五十嵐の双眸は、常に冷静な兄のそれではない。

「頼む。頼む、侑那」

「待って下さい。どうして正宗先生の書類が必要なんです。ある患者って…」

「必要なんだ！」

厳しい声に打たれ、如月はびくりと身を竦ませた。年齢が離れていたせいか、如月は兄から怒鳴られた経験などほとんどない。五十嵐もすぐに気づいてか、気まずそうに目を逸らした。

「…どうしても、必要なんだ。分かってくれ侑那。お前には迷惑をかけない。正宗さえいなくなればすぐに…」

「書類なんか持ち出せませんよ。兄さんもよく知っているでしょう。そんなこと、冗談でも口にするべきじゃ…」

「…冗談だと、思っているのか？」

しゃがれきったその声に、如月は自分の指先が冷たくなるのを感じた。

「あいつが居座る限り、今までの俺たちの努力は水の泡《あわ》だ！　もしあいつがこのまま、院長になるとでも言い出したら…！」

声をふるわせた五十嵐が、骨張った指で如月の前髪を払う。

小刻みに揺れるその指に、如月は瞼を引きつらせた。

「……正宗先生がこの病院に残るか、大学病院へ戻るか…それは分かりません。ただここを継がれるとしても、まだ何年も先の話でしょうし、その間ずっと正宗先生がここで働かれるとは限りません」

それは半分、如月の願望だ。

この先ずっと、正宗がここでだけでメスを握り続けるとは考えたくない。だが正宗自身の希望に則《そく》すなら、男は間違いなく正城医院を手に入れるだろう。

決して兄には告げられない事実を、如月は緊張と共に呑み込んだ。

「その何年もの間、どんな状況になるかも分からないで、俺は副院長と女房《にょうぼう》の愚痴《ぐち》を聞き続けるのか？」

歪んだ笑いをもらし、五十嵐が如月の頬を掌で包む。兄の手はしめり、やはり細《こま》かくふるえていた。

「侑那…」

名を呼んだ五十嵐の指が、如月のシャツを握る。強い力でしがみついてきた兄に、如月は息を詰めた。

痛みを覚えるほど、その力は強い。噛み締められた歯軋《はぎし》りさえ、聞こえそうだ。

「…分かってくれ。耐えられないんだ…！　正宗がこの病院に来さえしなければ、ここを継ぐのは副院長だったんだ……」

「…兄さ……」

「もし…もし正宗が病院に残るなら、俺たちは必ず制裁《せいさい》される。院長の甥だっていうだけの、あの男に…」

ぶつけられた慟哭《どうこく》に、胸の内側が空虚に冷える。

正宗がここへ来なければ、副院長は安穏《あんのん》と院長の座を狙えたかもしれない。正城医院がいかに大規模な病院であろうと、正宗が大学病院での名声《めいせい》を捨ててまでそちらを取る可能性は低いはずだ。だがこのまま正宗が正城医院に残るなら、副院長は自らが積《つ》み上げてきた希望を断たれることになる。

どんな世界にも覇権《はけん》争いがあるように、ここにも熾烈《しれつ》な闘争《とうそう》の火種《ひだね》は絶えなかった。公正であった兄でさえ、その重圧に押し潰されようとしている。

己の保身《ほしん》に一喜一憂《いっきいちゆう》する愚かさを、如月は批判などできない。如月もまた、その歯車《はぐるま》に組み込まれた一人なのだ。

「兄さん……」

目を瞑り、ゆっくりと息を吐く。

「顔を上げて下さい。……分かりましたから」

諦めにも似たやさしい声が、唇からもれた。

兄を思う気持ちと、それを上回る荒涼とした無力感が胸を満たす。

不正に手を染めるくらいならば、病院など辞めてしまえばいい。学生時代の自分だったら、真っ先にそう言ってやれただろう。だが今は、同じ言葉を口にできなかった。きっとそんな選択は、五十嵐も幾度となく考えたはずだ。

「大丈夫です。五十嵐先生」

そっと、兄の名を呼ぶ。

「……今日は、もう帰りましょう。今度は僕から、連絡しますから」

声に含まれた承諾《しょうだく》の響きに、五十嵐がはっと顔を上げた。

「ありがとう…。ありがとう、侑那……」

深々と、五十嵐が頭を下げる。

年の離れた兄に、こんなふうに感謝されたことなど初めてだ。寂しさを嚙み締めた如月の体から腕をほどき、五十嵐がぎこちなく立ち上がる。

「早い…早い方がいい。もう準備はできてる」

熱っぽく繰り返した五十嵐を、如月は座ったままで見送った。

屋上を後にした兄は、多分一度も如月を振り返らなかっただろう。一人取り残されたベンチで、如月は非常口が閉まる音を聞いた。

体から、崩れるように力が抜ける。白い指で顔を覆い、如月は深い吐息を絞った。

「……嘘だろう…」

追い詰められてゆく兄を、黙って見ているわけにはいかない。かといって、兄が自分に望んでいることは犯罪行為だ。

そしてそれは、正宗に対する裏切りを意味している。

屋上の扉が再び開かれる気配を感じ、如月は視線を上げた。

「五十嵐先…」

兄がもう一度、戻って来たのだろうか。

五十嵐の名を呼んだ唇が、凍りつく。

兄とほとんど身長が変わらない、しかししなやかな体軀《たいく》が、試すような眼で如月を見ていた。

「如月がつれないから、迎えに来ちゃった」

薄い唇を歪ませて、正宗が笑う。がたっと、如月はベンチを鳴らして立ち上がった。

冷たい手で心臓を鷲摑《わしづか》みにされたように、声が出ない。

正宗はいつから、そこにいたのだ。

「さっき出て行ったの、内科の五十嵐だろ」

ひそめた声で問われ、ぎこちなく頷く。

見られた。会話の内容も、聞かれたのだろうか。

そうだとすれば、どこから。全てか、あるいは一部なのか。指先が氷のように冷え、汗が滲んだ。

「如月は、あんな堅物《かたぶつ》が好みなの？」

歩み寄った正宗が、気配が絶えた非常口を振り返る。やさしげな声とは裏腹に、男の双眸は決して笑ってなどいない。

「俺、浮気《うわき》されるのって嫌いなんだよね。…もしかして、俺の方が浮気相手だったとか？」

緊張と困惑《こんわく》に、吐き気が込み上げてくる。

五十嵐に対する兄という呼びかけを、正宗は聞いていなかったのか。だがそもそも、正宗が本当に自分と五十嵐との関係を知らないなど、あり得るのか。

胸に湧いた疑問に、ぶるりと膝がふるえた。

「なんで黙ってるの、如月」

なにが真実でどこからが虚構《きょこう》なのか。

喘いだ如月を、正宗の指がやわらかく撫でた。

「ふるえているじゃないか。ここじゃ寒いね。俺の部屋に行こうか」

舐めるような声音が、耳元で囁く。


背後でゆっくりと、扉が閉まる。磨り硝子の小窓から、廊下の明かりがぼんやりと室内へ滲んだ。

「…いつから、あそこにいらっしゃったんですか」

薄闇に沈む事務室を、正宗が危なげなく横切る。明かりを点《つ》けないまま、男は使い慣れたソファへ腰を下ろした。

「突っ立ってないで、こっちへおいでよ。ホテルほど立派なベッドはないけどさ」

「正宗先生…！」

強張った声に、正宗が肩を竦める。

「お前と五十嵐が、抱き合ってるあたりからかな」

「……立ち聞き、してらっしゃったんですか」

動揺を堪え、如月は声を絞り出した。

我ながら陳腐な問いだ。正宗の返答が真実かどうかなど、確かめる術はない。

「俺に聞かれるとまずい話をしてたの？」

正宗の揶揄に、苦しげに顔が歪む。唇を嚙んだ如月に、正宗が長い腕を伸ばした。

「こっちにおいでよ、如月」

言葉の響きはやわらかいが、正宗の声は選択の余地《よち》を残さない。

命令し慣れた者の声だ。

こくっと、唾液を呑む自らの喉音が大きく響く。踏み出した如月を、当然のように伸びた腕が巻き取った。

「俺の誘い断ってまで、五十嵐に会いたかったんだ。なに、話してたの？」

如月の首筋へ唇を寄せ、正宗が囁く。微かに、嗅ぎ慣れた香りが鼻先へ触れた。正宗の、髪の匂いだ。薬品にも似た硬質《こうしつ》なその香りに、不安の水位《すいい》が上がる。

本当に、正宗は五十嵐との会話が耳に入っていなかったのだろうか。

「正宗先生…、私は…」

嘘をつくことも、まして真実を話すこともできない。男の体を押し返すと、ぎゅっと強く尻の肉を摑まれた。

「あ…っ」

「もう五十嵐とは寝たの？」

「ち、違います…っ。僕と五十嵐先生はそんなんじゃ…っ」

下卑た物言いに、正宗を睨み下ろす。だが逆《ぎゃく》に酷薄《こくはく》な眼で見返され、如月はすぐに目を伏せた。

「男とのセックスの味を覚えたら、他の奴とも試してみたくなった？」

「ばかな…！　本当に、五十嵐先生とはなんでもないんです。ただ偶然お会いして…」

屋上で五十嵐の腕を振り払わなかったのは、肉親としての愛情からだ。そもそも正宗に強要されなければ、同性との性交など、想像もしなかっただろう。

「忙しい職業だからかな。医者って、結構離婚する率《りつ》、高いんだよね」

わざとらしく溜め息を吐いた正宗が、器用に如月の体を抱えた。踏み留まろうにも足元が崩れ、縺れるままソファへ落ちる。

「正……！」

背後から絡みつく腕に、易々と衣類を摺り下ろされた。すぐに性器を探り当てられ、狭いソファで身悶える。

「……ツ、触…」

「黙って。そろそろ警備員《けいびいん》が巡回《じゅんかい》に来る時間だろ？」

ぎくりと硬直した項を吸い、男の胸板が背中を圧迫した。

拒めば自分たちの関係を暴露すると、そう言うのだ。必要ならば、この男はそれを実行するだろう。

如月一人が傷つく方法で。

「婚姻《こんいん》なんて紙の上だけの契約《けいやく》だし、恋人関係もただの口約束だもんね。きちんと体が繋がってないと、物足りなくなるんでしょ？」

「ひ…ッ」

ぐりっと、下着の上から粘膜を小突かれ、如月は悲鳴を迸らせた。

「悪かったね。寂しい思いをさせて」

「やめ……！」

肩口を囓られる痛みに、肘で重い体を押し返す。苦にすることなく、正宗の手が下着までも引き下ろした。

「他の男のことなんて考えずにすむよう、俺がちゃんと、してあげるから」

ネクタイを外す気配が、背中から伝わる。暴れる腕を一纏めに摑まれ、絹《きぬ》の感触が手首へ絡んだ。

「痛…っ、やめ…」

後ろ手に縛り上げられ、如月が苦痛に呻く。膝を使い這おうとしたが、そこまでだった。ソファの端へ追い詰められ、あおむけに返される。

「う、腕をほどいて下さい！　こんなところで…」

「職場でセックスするってのも、スリルがあって興奮するだろ」

摑まれた膝を大きく開かれ、当たり前のように尻の間へ腕が伸びた。

「や…、正宗先生！　冗談は…」

まさか本当に、こんな場所で繋がる気か。取り乱す如月に構わず、長い指が取り出したローションを掬《すく》う。背凭《せもた》れへ足を引っかけられ、膝を閉じようにも動けない。腕で阻むこともできないまま、晒された粘膜へ指を入れられた。

「…あ…ッ、痛…い…っ」

「暴れちゃ駄目だろ。もっと足を開いて。このまま入れたら、如月が痛いよ？」

ぬるりと押し入る異物のいやらしさに、白い尻がふるえる。胸につくほど深く腿を押し上げられると、否応《いやおう》なく尻が開いた。

「でも如月は、痛いのも嫌いじゃないか」

含み笑った唇に、剝き出しにされた膝をきつく吸われる。

「や…ぁ……、痛…」

悶える体の下で、敷き込まれた両腕が重く痺れた。

苦痛を訴える如月を無視し、たっぷりとローションを絡めた指がさらに入り込む。冷たかった指はすぐに体温に馴染み、粘膜のなかでくちくちと温《ぬる》んだ音を立てた。

「職場だからかな。如月、こんなにとろとろにしてる。今度からホテル取るのやめようか」

腿を撫で回していた正宗の指が、如月の性器をつまむ。男の言葉どおり、如月の性器は蜜《みつ》をしたたらせ、限界まで開かれた足の間でふるえていた。

「はしたない先生だ。あんまりこぼすと、ソファが染みになるだろ」

「は…ァ……、…ッ」

ぴったりと窄まった襞《ひだ》を広げ、正宗の指はひどく正確に動く。メスを操る、あの指だ。

「…ひ……」

「ここ、分かる?」

腹側の一点を突き上げられ、如月が甲高い悲鳴をもらす。思わず吐精してしまいそうな快感に、爪先までがぴんと反り返った。

「あ…、あァ…ッ、そこ…っ…」

尻の奥で指を曲げ、掻き出すように動かされると、それだけで鳥肌が立つ。過敏《かびん》な部分が指の腹に引っかかるたび、押し上げられた爪先ごと、全身がびくびくとふるえた。あるいは引っかかると感じるのは、正宗に慣らされた錯覚《さっかく》なのか。

「……あ…ァっ」

喉を反らせた如月の直腸から、ずるりと正宗の指が退く。

涙に潤み始めた目が、茫然と男を見た。

「なに…を……」

鈍く瞬いた視界に、正宗の手が映る。

「これ、入るかな?」

充血した粘膜へと冷たい塊を押しつけられ、悲鳴がもれた。正宗が握るそれは、ローションが入っていた細い硝子瓶だ。

戦《おのの》き窄まった粘膜を、硝子瓶が上下にこする。

「……ぃ…っ…、冷た……」

入るわけがない。

ぞっと青褪めた如月を見詰め、正宗が指先へ力を込めた。

「ひ…、ぁ…、ぁ……」

なめらかな表面に肉を割られ、如月が懸命に腰を引く。押し戻したいのに、つるりとした硝子は筋肉の動きに逆らい、ゆっくりと直腸を広げた。

「…ぁ…、先生…、動かさな…いで……ッ」

縛られた自らの手首へ爪を立て、懇願する。

ローションで潤んだ直腸のなかで、正宗がゆっくりと硝子瓶を回した。ぴったりと硝子に貼りつく肉が、引きつれて動く。

「ん…、は……ぁ…」

内部《なか》をいっぱいに満たされる圧迫感とは対照的に、腸壁をこする刺激はひどく弱い。どこまでも入り込んできそうななめらかさが苦しくて、涙が出た。

「頑張ればもう少し入りそうだけど、試してみる?」

恐ろしい囁きに、首を横に振る。

「如月のお尻は、気持ちよさそうにしてるんだけどな」

残念そうに瓶を揺らし、正宗がにゅるりと、それを引っ張った。

「ぁ…！　待……ぁ…っ」

体温に馴染んだ太いものが、出てゆく。

時間をかけて引き出される瓶を、じっと正宗の眼が追った。

「……っ…く…」

完全に引き抜かれた瓶に絡み、あたためられたローションが穴からあふれ出る。自分の体が上げた卑猥《ひわい》な音に、ぶるりと大きく肩が揺れた。

「こんな瓶にも、如月は欲情するんだね」

ローションをしたたらせる瓶で、投げ出されていた性器を押される。びくりとして顔を上げると、たった今抜き取った瓶を、男の舌が舐めた。

「…や…違……」

それはまだ、如月の体温と同じくあたたかいはずだ。

ねっとりと伝った液体が、正宗の指と唇を汚す。嫌悪感と同じだけ、体の芯になまあたたかい痺れが湧いた。

「違う？　嘘はよくないな、如月」

反り返った性器をもう一度瓶で押され、悲鳴がもれる。

「ぃ……っ…」

「でもそれも酷か。どうせお互い最初から、本当のことなんてなんにもなかったんだしね」

本当のことなど、なにもない。

その言葉は信じられないほど鋭利に、如月の心臓を抉った。胸の奥が虚《うつ》ろに冷えてゆくのが分かる。

涙が、あふれるかと思った。

「放…せ……っ！　気は…すんだでしょう…」

鼻腔を突く痛みに、自分を保《たも》っていることが難しい。

正宗は最初から、自分と五十嵐とが兄弟だと知っていたからこそ、如月をこの正城医院へ連れて来たのかもしれない。全て知った上で手元へ置き、肉体まで我がものとした。

そんな正宗のなにを、自分は知ったつもりだったのだろう。殺伐《さつばつ》とした家庭の空気や、そこで培《つちか》われた孤独《こどく》を教えられ、まるで男の全てを知った気になっていたのか。

もしかしたらその告白さえ、真実ではないかもしれないのに。

無論、正宗一人を責められることではなかった。如月自身、五十嵐との関係を切り出せていないのだ。正宗の言葉どおり、最初から真実などなにもなかったのだろうか。

「俺の気がすむかどうか、そんな問題じゃないよ」

不思議そうに、正宗が如月の腰骨へ手を当てる。不自由な体で、如月は懸命にソファを摺り上がった。

「言っただろ。俺は嫉妬深いんだ。俺を不安にさせるとどうなるか、今から体で覚えておくんだ」

「あ…っ」

ファスナーを下ろす音がして、ぬれた粘膜へと熱い肉が当たる。

明確な男の意図を悟り、痩せた体が強張った。

「やめ…！　触る…な…」

悲鳴に、正宗の口角が歪む。粘膜の周囲を小突いた陰茎が、恐ろしい圧迫感を伴い尻を割った。

「…ぁ……痛……ァ」

十分広げられているとはいえ、脈動する肉を呑み込む行為はどうしても辛い。涙腺《るいせん》が壊れたように涙があふれる。

「もう少しゆるめて。動けないだろ」

「だ、駄目…っ、動か…」

喘ぎながら否定したが聞き入れられず、揺すられた。

「はっ…ァ、ぁ……」

息が、詰まる。

苦痛に歪む顔を、真上から覗き込まれた。男の眼を見たくなくて、固く瞼を閉じる。

これ以上、なにも考えたくない。

きつく唇を噛んだ如月は、厚い掌で口を塞がれ体をのけ反らせた。

「ん、ん…」

声がもれないよう如月の口を覆い、正宗もまた動きを止める。息苦しさに呻き、正宗の意図を悟った瞬間、如月は恐怖に目を見開いた。

ちいさな足音が、聞こえる。

「く……っ」

「暴れるな。静かにしてれば、バレやしないから」

囁かれ、掌の下で悲鳴が潰れた。

足音は確実に、こちらへ近づいて来る。

どっと全身に汗が滲み、嚙み合わない奥歯が音を立てた。

痛いほどに、心臓が脈打つ。

爪先までも強張らせた如月は、己を見下ろす視線に気づき、息を呑んだ。冴えた双眸を瞬かせ、正宗が繋がった腰を揺らす。

「……っ！」

円を描くように肉襞をこすられ、如月は掠れた声を放った。しかし叫びは掌に防ぎ止められ、もれることがない。

「…ん……っ、…っ、ふ…っ」

足音は、すぐ扉の外にある。

ゆっくりと陰茎が出入りするたび、ぬぷぬぷと粘っこい音が尻から響いた。

「……ぁっ」

懐中電灯《かいちゅう》の光が、磨り硝子の向こうを横切る。足音の主が、部屋の扉を照らしたのだ。

窄まった肉が、ぎゅっと正宗の性器を食い締める。如月の反応に、男が喉の奥で笑うのが分かった。

「すごい、締まるな」

「……っ……」

密着し、息を殺しながら突き上げられる。揺すぶられるたび、正宗を呑み込んだ粘膜が内側から溶けてゆきそうだ。

「……ん…っ、く…」

ゆっくりと、廊下の足音が動き出す。

度をすぎた緊張のなか、如月は窒息《ちっそく》の苦しみに耐え、ただ声を嚙み殺し続けた。

「もう大丈夫だよ。よく我慢したね」

どれほどの時間、そうしていたのか。ようやく退いた掌に、虚ろな目が瞬く。

口のなかに、苦い鉄の味があった。混乱のまま、正宗の指に歯を立てていたのか。

正宗の、いや外科医の指を傷つけたのだ。あの指を。

引きつる舌先が、味を確かめるように動く。こんな状況でさえ、自分の思考を埋めるのは下らない信奉心でしかない。

「すごい汗だ如月。そんなに、緊張した?」

囁く男が、繋がった場所を指で辿った。突き崩される恐怖に、くうっと喉が反る。

子供のように涙をこぼす己を、もう止められない。

「泣かないで」

やさしい笑みを浮かべる双眸が、間近にある。眼球から微笑を拭い去れば、そこにあるものは自分に対する執着と、飢《う》えたような光だけだ。

こんな双眸さえ、嘘なのだろうか。

「好きだよ？　如月」

甘い声音に耳を塞ぎ、舌先でもう一度、如月は口腔の苦さを追った。


ひどく、気分が悪い。

胃のあたりがむかむかとして、体が重かった。最近はずっと、この調子だ。自宅の洗面所に立ち、如月は体重計の目盛りを眺めた。

正宗と病院のソファで体を繋いでから丸二日、微熱《びねつ》が続いている。取るに足らない発熱だが、ここ何日かで体重が落ちた体には辛かった。少しでも体力を回復《かいふく》させなければと思うのだが、食欲《しょくよく》も湧かない。

原因は分かりきっている。先日屋上で兄と交わした会話が、繰り返し胸の内を埋めていた。正宗の言葉も同じだ。

体重計を下り、鏡に映る自分へ目を遣る。

鏡のなかから見返す顔は、目が落ち窪み生気に欠けていた。あまり認めたくはないが、瘦せたことで、女性的な印象がさらに強くなった気がする。

「やっぱり具合悪そうね。大丈夫？」

洗面所を出た如月に気づき、母親がおっとりとした容貌を覗かせた。

旧家《きゅうか》でなに不自由なく育てられた母は、少女のように天真爛漫《てんしんらんまん》な女性だ。普段は口やかましく干渉《かんしょう》したりはしないが、ここしばらくの息子の不調を見て取り、今日は珍しく帰りを待っていてくれたのだろう。

「薬飲んだから平気だよ。母さんももう休んで。僕も休むから」

力ない如月の笑みに、母が顔を曇らせる。

気遣いをありがたく思いながらも、如月は気づかない振りで上階に上がった。

話せるわけがない。五十嵐を取り巻く事情は勿論正宗との関係も、決して口外《こうがい》できないことだ。

秘密《ひみつ》を一つ呑み込むごとに、体がずしりと重くなる。

母はきっと如月が抱える問題を、理解したいと考えてくれているだろう。感謝すると同時に後ろめたさが募り、如月は自室の扉を閉ざした。

「なにやってんだろうな。僕は…」

人の命を預かる現場だ。こんな状況のまま、続けてはいられない。分かっているが、いつか正宗に投げつけたように、勢い込んで辞める踏ん切りはつかなかった。

のろのろと部屋を彷徨った如月の視線が、壁の一角で止まる。

白い壁紙が貼られた自室は、学生時代からほとんど模様替《もようが》えをしていない。掃除《そうじ》がいき届いた部屋を、鮮やかな青色の版画が飾っていた。

装飾《そうしょく》的な家具のない部屋で、水の動きを描いた版画の存在は新鮮《しんせん》だ。

引き寄せられるように、如月が版画へ歩み寄る。

兄から贈られたそれを、如月は言いつけどおり自室へ置いていた。

額のなかで、水中を転がる果実と、如月の写真が同居《どうきょ》している。緊張した自分の隣に、笑みを浮かべる正宗を見つけ、如月は顔を歪めた。

ふるえる腕で、壁から額縁を外す。

柔和な笑顔の裏に、残酷な本性を隠し持つ二重人格者。興味が湧けば同性にさえ手を伸ばす、卑劣な男。やさしい笑みで他人を排斥し、誰にも心を許さない嘘つき。思いつく限りの悪態《あくたい》を並べてみるが、気分は晴れない。それどころか、一昨日の執拗な性交が蘇り、体の芯がぶるりとふるえた。

言葉の上だけでは、正宗はもう何度も、一昨日の乱暴さを詫びている。

しかし五十嵐と密会《みっかい》していた事実までを、正宗は許したわけではない。

五十嵐に対し、正宗がなんの報復《ほうふく》を加えていないことも、却《かえ》って如月を疑心暗鬼にさせた。副院長の派閥へ属する五十嵐には、嗣春にしたようには、手を回せないだけなのか。それともやはり、最初から自分たちが兄弟だと知っていたからか。

重い溜め息を絞り、如月は硝子の上から写真をなぞった。

正宗が五十嵐との会話をどこまで聞いていたのか、如月は今も量りかねている。

全てを知っていて、煩悶《はんもん》する自分を笑っているのかもしれない。

屈辱が胸に湧き、如月は写真に写る正宗を凝視した。額を裏側に返し、当て板を外す。

こんな場所にまで、正宗の居場所があることは許せない。慎重に版画を捲り、写真を取り出そうとした指先から、硝子が滑る。

「あ…っ」

危ないと思った次の瞬間には、版画は額ごと床へ落ちていた。フローリングの床で、派手な音を立てて硝子が割れる。

砕けてしまった硝子を見下ろし、如月は苦々しく息を吐いた。

床へ屈み、版画に損傷《そんしょう》がないかを確かめる。全ての元凶《げんきょう》ともいえる正宗の写真は、やはり憎らしい笑みのままそこにあった。

「…あれ?」

ばらりと、足元へ書類が落ちる。

版画ではない。台紙《だいし》に固定された版画の他に、数枚の書類や写真が額に収まっている。

すぐに頭に浮かんだのは、正宗の顔だった。如月の手元へ版画を届けるまでの間に、男がなんらかの仕掛けを施していたのか。

訝りながら、書類を拾う。

その文面《ぶんめん》に目を走らせた如月の顔色が、ゆっくりと青褪めた。

「これって……」

「なにかあったの? すごい音がしたわよ」

扉越しに響いた母の声に、反射的《はんしゃ》に書類を隠す。

「ご、ごめん。うっかりして、硝子を割っちゃったんだ。自分で片づけるから」

「まあ大丈夫？　怪我しなかった？　箒《ほうき》を持ってくるから、触っちゃ駄目よ」

ぱたぱたとスリッパを鳴らす足音が、階下へと遠ざかった。母の足音を聞きながら、ふるえる指を握り締める。

これらは決して、正宗が戯《たわむ》れで隠したものではない。

喘ぐように、如月は兄の名を繰り返した。冷たい自室の壁に額を押し当て、目を瞑る。

「考えろ…」

進むべき道を選ぶのは、自分だ。

連絡を入れなければならない。肉親か、あるいは正宗か。

己の想像に、薄い唇が歪む。意識せず、如月は乾いた笑いをもらしていた。

何故、正宗に。

固より正宗は、自分に忠誠《ちゅうせい》など期待してはいないだろう。

あの冷淡な男は、最初から誰一人信用することも、必要とすることもしなかったのだ。

自分を取り巻く、意味のない雑音《ざつおん》。正宗にとって他人は、それ以上でも、それ以下でもない。

徐々に大きくなる揺れに身を任せ、如月は長いこと笑った。ひとしきり上がった声が、ぴたりと途切れる。

暗い光が、如月の瞳で瞬いた。

己の成すべきことは、一つしかない。

携帯電話を手に、廊下へ出る。箒を手にした母と擦れ違ったが、礼も言わず下階へ下りた。

五十嵐に、連絡を取らねばならない。

今、すぐに。


職員用の通用口から、やわらかな風が吹き込む。出入り口に近い通路で、如月はすぐに目的の人物を見つけた。

「正宗先生」

如月の声に、私服姿の正宗が振り返る。男を囲んでいた看護師たちもまた、如月を見た。

早朝の空気のなかで、院内は穏やかな静けさに包まれている。

「今コーヒーご馳走になってたところ。如月もどう?」

手にした紙コップを示し、正宗が誘った。昨夜一晩、経過が不安定だった患者につき添い、正宗は一睡《いっすい》もしていない。しかしその容貌に、疲労の色はなかった。

今日が非番《ひばん》でなければ、このまま何事もなかったように、男は仕事をこなすのだろう。正宗同様、昨日は帰宅できなかった如月などは、瞼のあたりに青白い影が落ちていた。

「いえ、私は……」

如月の断りに耳を貸《か》さず、正宗が自販機《じはんき》へ硬貨《こうか》を入れる。そんな正宗を取り巻く看護師たちの目には、一様に男の注意を引こうとする輝きがあった。

「正宗先生、お休みはなにしてるんです？」

「今日はもう寝るだけ。多分ずっと寝てるよ」

「遊びに行ったりしないですか？」

看護師の問いに、正宗がやさしげな口元を綻ばせる。

「一緒に出かけて欲しい人がなかなか捕まらなくてね。みんなもそうじゃないの？」

尋ね返され、看護師たちがえー、と声を上げた。先程からこうして正宗を引き止め、他愛《たあい》もない会話を続けていたのだろう。迷惑そうな顔一つ見せず、正宗は気さくに応えた。

華やかな会話の中心には、いつも正宗がいる。

自販機から紙コップを取り出した男が、距離《きょり》を置いて立つ如月を見た。

「じゃあ、俺はお先に」

手を振った正宗に、看護師たちが落胆を覗かせつつも通路を去る。如月を促し、正宗が通用口をくぐった。通用口の外は、救急搬送《はんそう》用の道路を挟み、駐車場《ちゅうしゃじょう》になっている。あたたかなココアを差し出した正宗が、同じ手で如月の手を握った。

自然に腕を引かれ、正宗に従《したが》い男の愛車まで歩く。赤いスポーツカーは、いかにも正宗に似合いな車だ。

二人しか乗れない車の扉を開き、正宗がシートへと腰を下ろす。

「どうしたの。俺の顔、見に来てくれたの？」

機嫌よく瞳を見上げられ、如月は携帯電話を取り出した。

「忘れ物です。ないと困るでしょう」

「やばいな俺。どこにあった？」

携帯電話を受け取り、正宗が顔をしかめる。

「部屋のソファに落ちてました。着替えをされるときに、忘れたんじゃないですか」

如月が気づかなければ、帰宅後再び取りに戻らなければならないところだ。院内では利用ができない携帯電話も、外に出れば緊急な用件に対応する大切な手段になる。

「お疲れ様でした。ココア、ありがとうございます」

頭を下げた如月の腕を、男が掴んだ。大きな男の掌のなかで、痩せた如月の腕は一層細く、痛々しく映る。

「如月、最近顔色よくないね。一度休むか、受診《じゅしん》した方がよくないか」

「…僕は正宗先生が感染症《かんせんしょう》を持ってないか、少し心配です」

真顔で声をひそめた如月に、正宗が眉を吊り上げた。

「なんか心当たりがあるの？」

「いえ、言ってみただけです。心配いりませんよ、僕は案外丈夫なんです」

実際この不規則《ふきそく》な職場でも、体調を崩したのはここ最近のことだけだ。如月の頭から爪先までをじろじろと眺め、正宗が唸る。

「それは心強いけど、過信は禁物《きんもつ》だから。他の先生じゃなくって、今度俺がいるとき外来にかかりに来なよ。心配なら感染症の検査《けんさ》も一緒にしとく？」

冗談には聞こえない正宗の言葉に、如月はきっぱりと首を横に振った。

「遠慮します。本当に病気になりそうですから」

「ひど！　人を病原体《びょうげんたい》みたいに」

笑った正宗に首筋を撫でられ、如月が目を伏せる。

「じゃあどっか、遊びに行くとか」

「だからそれだと、体が休まらないじゃないですか」

引き結んだ如月の唇へ、正宗が親指の腹で触れた。

「俺、今からこの車のなかでとか全然平気だけど。それにこの前の話、覚えてる？　如月に話したいことがあるって」

「なんのことです？」

ゆっくりと唇の輪郭を辿られ、くすぐったいような痺れが走る。

「電話で言っただろ。俺が、如月に嘘ついてることがあるって、あれだよ」

どこか眩しそうに、正宗が眼を細めた。

「…嘘のままだった方がいいことも、あるんじゃないですか」

如月の答えをどう取ったのか、正宗がちいさく笑う。如月も、少しだけ笑った。

「時間が空くようなら、俺の部屋の資料整理でもしといてよ。少しくらい、ソファで休んでても構わないから」

自分はそんなにも、ひどい顔をしているのか。自分を甘やかそうとする正宗の意図に、如月が長い睫を揺らした。

「先生こそ、運転しながら居眠りなんてのはやめて下さいね」

言葉ほど、如月の声音は厳しくはない。歯を見せた正宗に促されるまま腰を屈め、男へと口吻ける。ひやりとした正宗の唇が、満足気に如月の唇を受け止めた。

「……ん」

薄く器用な正宗の舌は、如月より少しだけ体温が低い。まるで正宗の心のようだ。

「本当に、無理するなよ」

頷く動きで応え、ココアを手に扉を閉じる。

「じゃあ、明日」

ゆっくりと滑り出した車を、如月は駐車場に立ち見送った。濃くなる緑の香りが、髪へと絡みつく。エンジンの音が遠く消えても、如月は夏の気配を含んだ風を浴びていた。

そっと視線を落とし、腕の時計を確かめる。

約束の時間が、近づいていた。

踏み出そうとして、手のなかにあるココアに気づく。まだあたたかいココアを眺め、如月はなんの躊躇もなくそれをアスファルトへ捨てた。一口も口をつけられることのなかったココアが、黒い染みを作る。

広がる汚れを踏み越え、如月は強く唇を拭った。

厚みのある絨毯《じゅうたん》が、足音を殺す。

絨毯だけではなく、艶《つや》やかな光沢を持つ机も、案内されたソファセットも、部屋を飾る全てが重厚《じゅうこう》なものだ。毎日通う場所にありながら、如月がこの副院長室に足を踏み入れるのは今日が初めてだった。

ソファにはすでに、兄の五十嵐が座っている。遅れて現れた弟に、五十嵐の双眸が安堵の色を浮かべた。先日会ったときより、兄の顔色は幾分よいようだ。しかし頰は削《そ》げ、落ち窪んだ双眸ばかりが際立って見える。

ソファへと促され、如月は鞄と封筒を手に腰を下ろした。

「すまんね。遅くなった」

開かれた扉から、副院長である五十嵐秀直が姿を現す。

あまり背は高くないが、がっしりとした体つきをした男だ。銀縁の眼鏡の奥で、鋭敏《えいびん》そうな目が輝いている。

それまで無言だった五十嵐が、勢いよく立ち上がった。如月もまたソファを立ったが、緊張のためか目眩がする。

「いいから、座っておいで」

柔和な目で見返され、如月は息を詰めた。大きく頭を下げて、もう一度腰を下ろす。

温和な外見に反し、副院長には人を気後《きおく》れさせる雰囲気があった。

「驚いたよ、如月くん。こんな時間に会いたいだなんて」

鷹揚《おうよう》に笑われ、如月がさらに深く頭を下げる。

「そんなに硬くならなくていい。私も一度きちんと君に会いたいと思っていたんだ。でもまさか院内でとは、考えつかなかったな」

今日この副院長室で会いたいと、申し出たのは如月だ。最初は院内ではなく、別の場所でと回答《かいとう》されたが、如月は今日この場で、と改めて強く希望した。

「申し訳ありません。先生にお会いできる時間に、病院を出られる自信がありませんでしたので…」

帰宅が深夜になることも、また今日のように徹夜《てつや》で病院へ泊《と》まり込むことも、如月には珍しくない。なにより今日ならば、正宗は確実に院内には不在だった。

「本当は私たちが顔を合わせるのに、周りの目を気にする必要はないんだがね」

煙草に火をつけ、副院長が悪戯じみた笑顔を見せる。嫌味のないその顔に、如月もぎこちないながら笑みをもらした。

ゆるんだ空気に満足したのか、副院長がゆっくりと一服煙草を吸う。

「…用件は、智紀君から聞いてるんだろう」

「はい。ですが……」

「心配はいらんよ。智紀君に言われたとおりのことを、君はやってくれればいい」

副院長の言葉に、身を乗り出した五十嵐もまた深く頷いた。歯切れのよい話し方だけを聞いていれば、五十嵐より副院長の方が余程若々しく思える。

「ところで如月君は…、こうして見ると、あまり智紀君に、似ていないな」

並んで座る兄弟を、副院長が感心したように見比べた。

「兄弟揃って美男子なのは羨ましい限りだが。うちにもう一人娘がいれば、如月君にもらってもらうところだったのに」

他意のない、冗談なのだろう。だが上手く笑うことができず、如月は掌で肉の落ちた頰をこすった。

結婚も子供も、策略《さくりゃく》の道具になり得る世界に組み込まれることが、生真面目な兄にとってどれほど苦痛だったか。そしてその渦中《かちゅう》へ、自分もまた身を投《とう》じようとしている。

「悪かったね。若い人に結婚の話だなんて。気を悪くされたかな」

「いえ…。すみません。緊張してしまって…」

素直な如月の謝罪に、副院長がおおらかに首を振った。

「可愛いね。……ただやっぱり今日のことが向こうの耳に入るのは困るから…、急《せ》かしてすまないが、是非君には、頑張って欲しいんだ」

年若い如月の力量《りきりょう》を、副院長も量りかねているのだろう。敢えて要点《ようてん》を伏せ、副院長が如月の瞳を覗き込んだ。

「上は、今日は外に出て戻らない。甥の方も、非番だと聞いたが」

天井を指で示し、副院長が目配せをする。丁度この部屋の真上には、院長室がある。その甥というのは、言うまでもなく正宗のことだ。

「正宗先生は、今日はもうお帰りになりました。ただ明日は外来の担当日ですから、早くに出勤されると思います」

正宗と、名前を口に出した如月に、副院長が眉をひそめる。

「今日先生にお会いしたかった理由は…、副院長先生の口から、はっきりとしたお言葉が聞きたかったからです」

膝を進めた如月を、五十嵐がぎょっとしたように見た。

「私に特別な後ろ盾《だて》はありません。今は正宗先生に随分目をかけていただいていますが…。その正宗先生を裏切るということは、私にとっても、容易な決断ではありません」

慌てて止めようとする兄を視線で制し、如月が乾いた唇を舌先でしめらせる。

先を促すように、副院長が頷いた。

「私の役目は、正宗先生が四年前にここで担当し、死亡《しぼう》した患者さんの記録を改竄《かいざん》すること。本当にそれだけなんですか」

「侑那…、なにも今こんなところで…」

強い力で兄に肩を摑まれ、痛みが走る。しかしそれも、全身を蝕《むしば》む緊張に比べれば、問題ではなかった。

「死亡したのは、直腸癌で入院していた五十代の女性。一度正宗先生が執刀されましたが、転移が見つかり、薬での治療に切り替えられました。この時に、正宗先生が相談の結果、井口製薬の抗癌剤の投与を決めた。…間違いはありませんね」

「…正宗先生の資料を見たのか？」

副院長の声に初めて、驚いたような響きが宿る。

「はい…。正宗先生は、受け持たれた患者さんの資料の多くを、ご自分の手元に保存していらっしゃいますから。五十嵐先生からいただいた版画のなかに、改竄後の資料を見つけ、私なりに調べさせていただきました」

まさか如月があの額を開くなど、五十嵐は考えていなかったのだろう。兄の顔が、驚きと同時に困惑に歪む。

患者の個人情報の取り扱いには、当然様々《さまざま》な制限があった。しかし学会などへの発表のため、正宗は特殊《とくしゅ》な症例を中心に、多くの資料を手元に保存している。閲覧《えつらん》には許可《きょか》が必要となるが、資料整理を任されている如月は、合鍵《あいかぎ》を使い自由に正宗の部屋へ出入りすることができた。

「さすがだな。如月君なら、正宗先生の資料に確実に近づける」

如月の話に耳を傾け、副院長が満足気に頷く。

「その五十代の患者さんは、井口製薬の抗癌剤を投与し始めてからかなり早い時期に、亡《な》くなりました。……経過から見るに、これは抗癌剤の副作用であった可能性が強いでしょう。でも当時はまだ、この副作用について知られていませんでしたから、死亡理由を追及する方はどなたもいらっしゃらなかった」

「患者には誰も、身寄《みよ》りはいなかったからな」

副院長の言葉どおり、井口製薬の抗癌剤を投与した患者は独居《どっきょ》で、近隣《きんりん》に身内はいなかった。死亡後、縁者《えんじゃ》を名乗る者が遺品《いひん》を引き取りに来たが、闘病《とうびょう》中に病室を訪ねる親族《しんぞく》はなかったらしい。

「正宗先生は、抗癌剤に関して患者自身に十分な説明を行っていらっしゃった。投与に際しても、勿論患者さん自身から承諾書をいただいている」

正城医院では、癌告知は患者自身へ行うのが方針《ほうしん》だ。それでも通常はまず家族へ告知し、患者へどう告げるかを相談する。正宗が担当した患者のように、周囲に相談できる身内がいない場合は、本人の状態を考慮《こうりょ》した上で、直接告知が行われた。

「私はその患者さんご本人の署名《しょめい》が入った同意書の持ち出しと、経過報告書をこちらの…改竄されたものに差し替えればいいわけですね」

手にしていた灰色の封筒を開き、如月が書類を取り出す。

先日、額縁から見つけ出した、あの書類だ。

見覚えのある筆跡《ひっせき》を真似《まね》た経過報告書には、患者が承諾したものとは異なる抗癌剤を、正宗が実験的に投与した経緯が細かに記《しる》されていた。なかには、正宗と製薬会社との癒着《ゆちゃく》を臭《にお》わせる資料までもが紛《まぎ》れている。

危険《きけん》と分かっていた抗癌剤を、説明なしに投与、患者を死亡させた医師として、副院長は正宗を槍《やり》玉《だま》に上げようというのだ。

医療現場の過失《かしつ》や不祥事《ふしょうじ》に関し、世間から注がれる視線は厳しい。たとえそれが不十分な資料であっても、この種《しゅ》の疑惑《ぎわく》が浮上《ふじょう》すれば正宗の経歴《けいれき》に影響が及ぶことは必至だった。

「もういい、侑那。お前は言われたとおり、その書類を差し替えてくれれば、それでいいんだ」

如月の肩を掴み、五十嵐が掠れた声を絞り出す。

兄はどんな気持ちで、弟へ贈る版画へこれらの書類を隠したのだろう。こんなものを使う日などこなければいいと、そう願ったのだろうか。

「……如月君には、なにか目的があるのかい？」

静かな声で問われ、如月が副院長を見る。

「…万が一事実が発覚《はっかく》して、私一人の犯行《はんこう》だったと言われては困ります。…この件の責任者は副院長でいらっしゃることを、はっきり確認させて下さい。その上で…今後、私の院内での立場を約束していただきたいんです」

「金銭《きんせん》的にも、かい？　可愛い顔をしているのに、なかなか野心家だね。いいだろう。大学病院で働くより、よっぽどいい給料《きゅうりょう》を支払ってあげるよ。安心しなさい」

「ありがとうございます」

詰めていた息をほどき、如月は深く頭を下げた。

肩へ食い込んでいた兄の指の力が、わずかにゆるむ。

「…全く正宗がここに居座りさえしなければ、こんな必要はなかったのに…」

新しい煙草を取り出し、副院長がぽつんと呟いた。

「大人しく、大学で教授の椅子だけ狙ってればよかったんだ。欲をかくから…。如月君が兄思いで本当によかったよ」

長い息を吐いた副院長に、如月が目を伏せる。兄を真実思うなら、自分はここに座ってなどいるべきではないのだ。

唇を引き結んだ如月を、副院長が促す。

「そろそろ、仕事に戻った方がいいな」

改めて頭を下げ、如月はテーブルに置かれた書類へ手を伸ばした。

正宗がいかに潔白《けっぱく》であろうと、一度疑惑が浮上すれば、無傷ではいられない。薄い封筒をずっしりと重いものに感じ、如月が胸を喘がせる。

「頼んだよ、如月君。ことがすんだら、すぐに智紀君へ知らせてくれ。後はなにも心配する必要はないから」

副院長の掌が、そっと如月の肩を叩いた。それは如月などより余程長く、この正城医院へ貢献《こうけん》してきた者の手かもしれない。

扉へと促され、如月が引き摺るように足を止める。

訝った副院長の目が、如月を見た。

他人のもののように冷えきった自分の指先を、意識する。厚い封筒を、如月は左右の手で握り直した。

ソファにかけていた兄が、声にならない悲鳴を上げる。構わず、如月は両手に持った封筒を力任せに二つに裂いた。

「ゆ、侑那っ！」

びりびりと響いた音に、兄の絶叫《ぜっきょう》が重なる。

耳を貸さず、如月は残った書類を重ね合わせ、さらに裂いた。引きちぎる手応えに、少しだけ気持ちが軽くなる。

「な、なにをするんだ、君！」

強い力で手を払われ、よろめいた如月の指から紙片がこぼれた。

「なかったことにして下さい」

低くもらされた声に、副院長がぎくりとして動きを止める。

自分でも信じられないくらい、冷淡な声が出た。

「正宗先生を陥《おとしい》れる謀略《ぼうりゃく》も、副院長ご自身の野心も、全部初めから、なかったことにするんです」

すぐには言葉もない二人を、光る目が交互に見る。

「…今までの会話は、全て録音《ろくおん》させていただきました。書類のコピーもあります。もし今後、正宗先生への中傷《ちゅうしょう》を企《くわだ》てるおつもりならば、私はこれを公開します」

しっかりと脇に抱いた鞄を、如月は掌で示して見せた。鞄のなかではちいさなボイスレコーダーが、今この瞬間も会話を録音しているはずだ。

「侑那……なにを…ばかな……」

よろめきながら立ち上がった五十嵐が、幽鬼《ゆうき》のような声を上げる。

「君は…、最初からこのつもりだったのか。正宗に抱き込まれたんだな！　会話を公開するだと？　こんな話、誰が……」

副院長の怒号《どごう》に、五十嵐が縋る目を弟へ向けた。

「少なくとも院長先生は、興味を持たれるかもしれません」

如月が口にした名に、五十嵐の膝が萎える。

院内の内訌《ないこう》に、興味を持つ者など限られている。院長はこの会話の内容に、誰よりも関心を寄せるだろう。

共に病院を支えてきた副院長が、甥を陥れようとしているのだ。言葉だけでは信じられないかもしれないが、確固《かっこ》たる証拠があれば院長も気持ちを変えざるを得ない。

へたり込んでしまった五十嵐を、副院長が一瞥《いちべつ》した。

「自分の出世のためになら、実の兄を売る気か！」

「いいえ。私は誰のことも、売るつもりはありません。ただなかったことにして欲しいんです。副院長、お願いします」

静かな如月の声音に、副院長の顔が赤黒く染まる。

「なにが望みだ！　金か？」

「違います、お金なんて…。今後正宗先生に手出しをしないとお約束いただければ、私はこの会話を公開しません」

「ふざけたことを！」

叫んだ副院長の腕が、如月へと伸びた。乱暴に摑みかかる腕から身を躱し、扉へと走る。しかし、扉へ飛びつく前に、突如《とつじょ》としてぶつかった力に足元が崩れた。

「……っ」

床へと引き倒され、絨毯が眼前に迫る。痛みに耐え振り返ると、恐ろしい形相《ぎょうそう》をした兄が腰へとしがみついていた。

「出せ！　ボイスレコーダーを渡せ！」

狂ったような叫びと共に、五十嵐の拳が如月の頰を打つ。

これまで兄に殴られた記憶など、一度もない。固より五十嵐は、暴力とは無縁の男だ。

咄嗟に頭と鞄を庇い、体を丸める。力任せに如月を揺さぶる兄の腕には、容赦がない。

駆けつけた副院長に鞄を摑まれ、如月は両腕でしがみついた。

「放せ……っ」

蹴りつけられ、絡んだ指が鞄を離れる。

「……っ！」

鞄を奪われた瞬間、如月は鈍い呻きを聞いた。肉を打つ恐ろしい音に、息を詰める。

押さえつける兄の腕が消えても、如月はなにが起こったのか理解できなかった。絨毯に落ちた視界に、開かれた扉が映る。

誰かが部屋に入ってきたことを知ると同時に、如月は言葉を失った。

「ま、正宗……」

呻いたのは、副院長だ。

長身の人影が、頭上を覆う。

茫然と、如月は自分を見下ろす男を見た。駐車場で見送ったはずの正宗が、如月の腕を摑み、支え起こす。

「ひどいな。血の繋がった兄弟なんだろ。こんなきれいな顔、殴るなんて」

切れた如月の唇を撫で、正宗が双眸を歪めた。

何故ここに、正宗が。

確実に帰る姿を、確かめたはずだ。よく知った体温を間近に感じても、如月はこれが現実だと信じられなかった。

「まったく如月は…、信じられない無茶《むちゃ》をするんだな」

鞄を拾い上げた正宗の眼には、苦々しい困惑の色がある。初めて目にする、そんな色だ。

「どうして……、正宗先生…」

「如月の考えそうなことぐらい、ちゃんと分かるよ。…今回は少し、予想と違ってたけどね」

肩を竦めた正宗に、副院長が叫びを上げる。

「ど、どうやって、入ったんだ！　ここは…」

「鍵のこと？　俺、ちゃんと合鍵持ってるから」

じゃらりと、正宗が手のなかの鍵を示した。見たこともない鍵の幾つかが、鈍い光を弾く。

「合鍵!?　ばかな、ここの鍵は……」

「病院中で、俺に開けられない鍵なんてないよ。女性用更衣室の合鍵だってあるし」

それはただの誇張された冗談とは思えない。守衛室《しゅえいしつ》にも出入りできる正宗から、隠しおおせる秘密は一つもないのだ。

「わ、私は騙されたんだ！　この子に！　こ、こんな奴と結託《けったく》して、君だって無事ですむはずがない。いずれ利用されて、用ずみになれば捨てられるぞ！　私たちみたいに…」

正宗と如月を交互に見遣り、副院長が怒鳴る。

顔色一つ変えず、正宗が首を横に振った。

「俺は如月と結託してないいし、初めから結託するつもりもなかった」

男の声音には、わずかな逡巡もない。

冷たい手で肺を締められたように、息が詰まる。やはり正宗は最初から、自分には少しの期待も信頼も、寄せていなかったのだ。

手を組むのではなく、ただ利用したにすぎない。五十嵐の弟である自分を。

しかしそれも、これで終わりだ。副院長の思惑が露見《ろけん》した今、自分はもう不要でしかない。

「黙ってても、あんたたちが尻尾《しっぽ》を出すのは分かってたしね。それに如月が巻き込まれれば、俺としてはラッキーだとまで思ってたよ」

「な、なにが幸運だ！　ふざけたことを……」

歯軋りをした副院長へ、正宗が煩《わずら》わしそうな視線を向ける。ぞっとするような冷たい光が、副院長を射った。

「幸運だよ。あんたたちに唆《そそのか》されて如月が犯罪に手を染めれば、それを口実《こうじつ》に俺は一生、如月を手元に置いておけるからね」

笑みの形をした双眸で見下ろされ、今度こそ如月の目の前が暗くなる。

膝ごと、体がふるえた。

あまりにも荒涼とした正宗の胸の内に、踝《くるぶし》から冷たいふるえが込み上げる。

多分これが偽るところのない、男の本性だ。

「誰かを陥れるつもりなら、もう少し器用にやらなきゃ。如月を使うっていうのは、随分いい線だったけど、手術中に鉗子を外すなんてのは、回りくどくてよくないね」

正宗の言葉に、如月がぎょっとして兄を見る。

まさかあの事故も、副院長たちの策略だったと正宗は言うのか。

「取り敢えず二人共、このまま自宅謹慎でもしてもらおうか。今晩にでも、これからの身の振り方を相談させてもらうから」

開かれた扉から、数人の職員たちが入ってくる。抗う間もなく、副院長たちが取り囲まれた。

立ちつくすしかできなかった如月の足元が、ぐらりと傾ぐ。

胃と言うより、もっと深い場所に焼けつくような痛みがあった。蓄積《ちくせき》された疲労が猛烈な不快感となって、体中を暴れ回る。

「如月も…」

自分を呼んだ正宗の声が、驚きと共に途切れた。

よろめいた如月の肩を、男の腕が思わずといった様子で支える。覚えのある感触に、膝が萎えた。

視界がずれ、堪えることもできないまま力が抜け落ちる。

「どうしたの、如月」

崩れかかる如月を、冗談だとでも思ったのだろう。緊迫感のない声で呼びかけた男が、蹲る体を揺すった。

「……如月？　ちょっと。冗談でしょ」

大丈夫だと、応えようにも指先さえ動かない。ひどい吐き気が込み上げ、激痛《げきつう》に汗が滲む。

「嘘…。如月！　おい、如月…！」

これほど切迫《せっぱく》した正宗の声を聞いたのは、初めてだ。そんな顔、しなくていい。

伝えようとした言葉は声にならず、如月は引き込まれるように目を閉じた。


見慣れた天井が、ぼんやりと目に映る。長い睫を瞬かせ、如月は横たわる寝台の硬さを意識した。

鎮痛剤《ちんつうざい》の効果により、先刻まで如月を苦しめていた下腹部の痛みは落ちつき始めている。

午前中の診察《しんさつ》が続いている院内は、いつもと変わらないざわめきのなかにあった。つい数十分前、副院長室で起こった騒ぎが嘘のようだ。勿論副院長室での一件が、厳重に隠蔽《いんぺい》されていることは想像にかたくない。

むしろ今外科外来の話題を独占しているのは、急患として運び込まれた如月自身だった。

虫垂炎で、緊急入院。

ほんの二週間ほど前、如月が執刀を任されたものと同じ病気だ。まさか自分も同じ病《やまい》に見舞われるなど、夢にも思わなかった。ここ数日如月を苦しめていた発熱や嘔吐《おうと》は、虫垂炎によるものだったのか。無論心労《しんろう》もあったのだろうが、少なくとも感染症とは無関係だったらしい。

結果的には無様にも、自分は副院長たちの前で倒れ伏した。あの場に正宗が来なければ、どうするつもりだったのか。

恐ろしい結末を思い描き結ばれた唇を、冷たい指が撫でる。

さらりと乾いた、男性的な指だ。力強さを蓄《たくわ》えながらも指の動きはしなやかで、如月は半ばうっとりとその手に見入った。

「よかった。薬が効いてきたみたいだね」

唇へ、息がかかる。

間近に正宗の双眸を見つけ、如月は目を瞬《しばた》かせた。寝台の縁に座った男が、横たわる如月を覗き込んでいる。

「楽にしてなよ」

正宗の声音に、如月の肩からするりと力が抜けた。

「俺、あのまま如月が死んじゃったらどうしようかって、本気で心配しちゃった」

額の真上で嘆息され、如月が眉をしかめる。

「…人を簡単に殺さないで下さい」

乾いた唇から、掠れがちな声が出た。

「俺は、死にそうだったけどね。…まさか如月が、俺を選んでくれるなんて思ってなかったから、心臓が止まるかと思った」

ぴくりと、白い瞼が揺れる。

副院長室での遣り取りが、苦く喉元へ込み上げた。曇ってしまう表情を隠せなくて、如月が眉を寄せる。

「五十嵐のことが、心配？」

胸の内を見透かすように、正宗が耳元へ声を落とした。

独立した処置室とはいえ、カーテンの向こうをいつ職員が通りかかっても不思議はない。そんな場所でありながら、正宗の影が深く如月を覆った。

「さっき連絡があってね。ちゃんと自宅へ送り届けられたらしいよ。明日にでも処分は決定するだろうけど、俺は内々で終わらせれば十分だと思ってる」

与えられた言葉の意外さに、如月が目を見開く。冷たい汗が滲んだ白い額を、正宗の指が繰り返し撫でた。

「副院長の首は切ることになるだろうけど。下についてた連中は、副院長がいなくなれば考えも変わるだろ」

「……政治的駆け引き、ですか…」

今回の一件に、誰がどこまで関わっているのか、正宗はすでに全体像を把握《はあく》しているのかもしれない。関与《かんよ》した者たち全員を制裁するより、温情《おんじょう》を与えより強い忠誠を誓《ちか》わせる方が得策《とくさく》だと、そう判断したのだろう。

「ただ五十嵐は、深く関わりすぎてた」

平坦な声の響きに、ぶるりと如月の肩がふるえた。

兄が進んで、工作に荷担《かたん》したとは思えない。だがどんな経緯があるにせよ、医者としての領域を逸《いっ》脱《だつ》したことは確かだった。

「僕は…」

副院長の指摘は正しい。自分は兄を売った。

社会的倫理《りんり》や、医者としての正義の問題だけではなく、自分は正宗という男を選んでしまったということだ。

「そんな顔をするな。妬《や》けるだろう」

そっと試す動きで頬骨を辿られ、如月が男を見る。長い睫が、揺れた。

「正宗先生、僕は、病院を辞めます」

迷いのない声音に、正宗の双眸が見開かれる。

「なんで?」

「……最初から決めていたんです。今回のことが上手くいってもいかなくても…。もう病院に残るつもりはありません」

副院長室で見た兄の顔が、まざまざと脳裏に浮かんだ。自分の裏切りが、兄には全く理解できなかっただろう。

首尾《しゅび》よく副院長が自分の要求を呑んでいても、如月は退職する決意でいた。当然大学病院へ戻れないことも、覚悟《かくご》の上だ。

これが、自分の目指したものなのか。肉親である五十嵐を犠牲《ぎせい》にしてまで、守るべき自分の立場があるとは思えない。

「駄目だよ、そんなこと。俺が許さない」

強い声に撲たれ、如月の眉間が歪む。

「許さないって…どうして…」

副院長が失脚《しっきゃく》した今なら、もう如月には利用価値などない。むしろ自ら出ていくというなら、厄介《やっかい》払いできることを喜んでいいはずだ。

「…やっぱり、如月が裏切ったような証拠、捏造《ねつぞう》した方がよかったのかな。そうしたら、他の奴らと一緒に、一生俺の手元で飼《か》ってやれたのに」

覗き込んでくる男の双眸に、虚勢はない。苦しさに、如月は目を閉じた。

正宗の失脚を画策《かくさく》したのは副院長だが、それを狡猾《こうかつ》に利用したのはこの男の方だ。今回の騒ぎで、正宗は院内の不満分子を炙《あぶ》り出し、自分の足場をより強固なものとした。だがそれも、あくまでも副産物にすぎないと言うのか。

全ては如月を捕らえる、そのために。

「先生は、本気でそんなこと……」

「言っただろ。俺は嫉妬深いんだ。如月を身軽なままにしとくなんて、怖くてできない。……それにまだ、俺はお前に告白しなきゃならないことがあるからね。全部話しても、如月が俺を嫌わないなんて保証《ほしょう》、どこにもないだろ」

正宗の嘆息が、寝台の軋みに重なる。

「五十嵐が病院に残るにしろ、出るにしろ、悪いようにはしない。俺にとっても、大事な義兄《にい》さんだからな」

思い出したように唇を歪められ、如月は目を見開いた。それが下世話な冗談であることに気づき、眦を吊り上げる。

「もう俺と如月とは、他人じゃないし」

点滴に繋がれていることも忘れ、如月は右手を振り上げた。伸しかかる正宗の脇腹を殴りつけると、男が呻く。

「…どうしてこう、ぐーでばっかり殴るんだ」

一向に徹えないどころか、むしろ楽しげに正宗が破顔《はがん》した。こんな笑顔も、見たことはない。

「殴られたくなければ、そういう冗談はやめて下さいっ」

精一杯怒鳴った如月の顎を、屈み込んだ男が齧んでくる。

「やめない。如月がここに残るって言うまで」

「な、殴りますよっ」

敏感《びんかん》な顎裏を吸われ、如月は固めた拳で正宗を撲った。

「痛いよ如月、殴ってから言うなって。ああでも俺って、もしかしたらマゾかも」

とてもそうとは思えない顔で、正宗が笑う。顔をしかめた如月の肩口へ、正宗が重い額を押し当てた。

「聞いてくれる、如月。俺の、告白」

「……あんまりいい話じゃないんなら、聞きたくないんですけど」

それは偽りのない本心だ。

正直な如月の言葉に、正宗が肩を揺らした。

「覚えてる？　初めて執刀したとき俺も緊張して、手が真っ赤になるまでブラシで洗ったって話」

シーツに投げ出した指を手探りされ、如月が頷く。

忘れるわけがない。緊張に押し潰されかけていた如月を救ったのは、その正宗の一言だった。

「あれ、嘘なんだ」

平坦な声に、如月の瞳が揺れる。

「ごめんね。俺、今までどんな人の、どんな症例に立ち会っても、そんなふうになったことないんだよ」

勿論、初めての手術のときも。

与えられた声音には、わずかほどの痛みもない。正宗家の手術場で感じたものと同じ空虚さに、如月は薄い唇を嚙んだ。

「親父たちのことと同じなんだよね。頭では、いろんなことが分かってるはずなのに、感情がついていかないっていうのかな」

自分の心の内を探るように、正宗が少しだけ言葉を切る。男の親指が、脈を辿る動きで手首に触れ、細い肘を包んだ。

「他人の腹のなかも、ものとしか感じないんだ。失敗して殺しちゃうのも、想像したり体験したりしても、全然心が動かない。内臓《ないぞう》が冷えきっちゃってるみたいにさ。なんにも、怖くないんだ」

怖くない。

その言葉は不思議と、やわらかに響いた。

正宗の内側には、恐怖というものが存在しない。

生まれたばかりの子供が母親の愛情を失うことは、死を意味する。正宗は生まれ落ちた瞬間から、生存《せいぞん》に不可欠《ふかけつ》な愛情を注がれないまま大人になった。

正宗の傍らにあって、自分が常に不安に思っていたものの正体を、如月は初めて知った気がした。

正宗は、誰も愛することのできない男なのだろう。彼は愛することも、愛されることも望んではいない。

さらに悪いことに、この男はそんな自分自身の心の在り方を、誰よりもよく理解している。怖いと、男がそう口にするものの正体は、何者にも心を動かされることのない、正宗自身だ。

「……俺のこと、嫌いになった？」

声は重なり合った体から、直接響く。

わずかにふるえたその響きに、如月はちいさく首を横へ振った。嫌いになれるなら、初めて殴ったあの時から、自分は正宗を憎み続けていられたはずだ。

「側《そば》に、いて欲しい」

肩口を脅かす声に、鼻腔の奥が痛む。差し込む日差しのせいばかりでなく、如月は強く瞼を閉じた。

「如月を辞めさせたりしない。どんな手を使っても」

続けられた声は、怖いほど落ちついている。

正宗の真実が、まるで解らないとそう思っていた。今だって、解っているつもりなだけできっと同じだ。胸の内の全てを知ることなど、誰にだってできない。

「…一つだけ、いいですか」

「なに？」

「僕と五十嵐先生が…兄弟だってことは、やっぱり最初から知っていたんでしょう」

だからこそ、正宗は自分をこの病院へ連れてきた。そうでなければ、他に自分が選ばれた理由など思いつかない。

如月の問いに、正宗が肩口から顔を上げる。

決然《けつぜん》と睨み下ろされ、身構えた。怒鳴り出すのか。だが如月の警戒に反し、正宗は不機嫌そうな顔をしたまま、視線を逸らせただけだ。

常にない反応に、如月が眉をひそめる。

「…ああ、知ってた。調べたんだ」

やはり、そうなのか。覚悟を決めてはいたが、与えられた事実に息が詰まった。

「大学病院へ時々お前を迎えにくる車が、誰のものなのか」

「…車…?」

思ってもみなかった言葉に、如月の声が掠れる。

「あいつの車に乗り込むときの、お前の顔。あんな嬉しそうな顔、俺の前じゃ一度も見せたことなかったのに」

兄弟だと知っても関係を疑ったと真顔で告げられ、如月は男を見た。確かに大学病院時代、五十嵐が幾度か自分を迎えにきてくれたことがある。だがそれは数えるほどのもので、特別な事柄ではない。尤も大学病院時代の自分には、憧れの正宗の前で笑う余裕などなかったのは本当だ。

「…如月が好きなのは、俺の腕だけだろう」

「え?」

低い唸りを訝しみ、如月は伸しかかる男を注視した。

「なんか思い出したら、また腹が立ってきたな」

不貞腐《ふてくさ》れたように唇を尖らせ、正宗ががばりと体重を預けてくる。

「なにを言って……ひ…っ」

無造作に股間を押され、如月は詰まった声を上げた。

信じられない。隣室や廊下で大勢の職員が働いていることくらい、正宗だって知っているはずだ。

「お前、本当は俺より身内の五十嵐の方が大事だったんだろう。もしかして今も、五十嵐を裏切ったこと、後悔《こうかい》してる…?」

性器の先端を手探りされ、如月の踵《かかと》がシーツを蹴る。懸命に声を堪え、如月は男を睨み上げた。

なんなんだ。こんな懸命な声。

「せ、先生、手を…、取り敢えず手…ぁ…っ」

「嫌だ」

「そんな、正…」

「嫌だっ。如月は誰にもくれてやらない」

辞めさせたりしない。絶対に。

首筋へ落ちた正宗の唇が、痛いほどに皮膚を吸う。痕跡《こんせき》が残ることを恐れたが、湧き上がった痺れに体の自由を奪われた。

闇雲に如月を抱いた腕が、不意にその動きを止める。

「……分かる？　如月…」

恐る恐る開いた如月の瞼へ、しなやかな指が触れた。それはちいさく、ふるえている。

「…正……」

そんなこと、あるはずがない。

声を失った如月に、正宗が眼を細めて笑う。

自嘲じみたその笑みは、如月が目にした男の表情のなかで、最もやわらかなものだった。

「ふるえてるんだ」

嚙み締めるように、正宗が呟く。

「如月のお腹切るかと思うと、なんか、指がふるえてきちゃってさ」

初めてなんだ。そう続けられた声に、如月はまじまじと男を見上げた。

「……僕の手術、正宗先生が執刀されるんですか？」

「うん。準備が整い次第、始めるつもりなんだけど」

呆気ない男の答えに、喉の奥でなにかが弾ける。呑み下そうとも、思わない。込み上げるに任せ、如月は心からの笑みを作った。

思いもよらなかった如月の笑顔に、正宗が眼を見開く。

押し殺すことができず、如月は痩せた掌で目元を覆った。

「不安じゃないの、如月」

笑い続ける如月を、正宗が覗き込む。そんな正宗こそが、余程不安そうだ。

「手術中にも、手がふるえちゃうかもしれないんだよ？」

重ねて尋ねた男の指先へ、如月は首を傾け口吻けた。ぎょっとしたように、正宗の体が揺れる。

「構いませんよ。信用してますから」

偽りのない、言葉だ。

その真っ直ぐな響きに、正宗の双眸が歪む。下腹部を探っていた指が、確かめるように脇腹や胸元までを撫でた。

「なんかあったら、俺、アメリカでもどこでも、最高の死体処理術《エンバーミング》の会社、見つけてあげるから。イギリスで防腐《ぼうふ》処理した死体が、三十年間腐ってなかったって報告読んだけど、あれ本当かな？」

真顔で尋ねられ、如月が顔をしかめる。

「僕が死んだら、素直に火葬《かそう》にして下さい。でもそんな心配をするより、大丈夫ですよ。正宗先生は絶対、失敗なんてしませんから」

断言した如月の喉を、正宗の掌が大切そうにさすった。探るような仕種に、如月が睫を伏せる。

自分の選択は、必ずしも正しくはなかったかもしれない。これから選ぶ道も、同じだ。

だけれども、医師を目指した時と同じように、後悔はしていなかった。どんな結末《けつまつ》に辿り着いたとしても、選んだのは自分なのだ。

「俺、頑張るから」

寝台を軋ませた正宗が、そっと唇へ触れてくる。初めてそうするように重なった唇を、如月は拒まなかった。

「よろしくお願いします」

唇の狭間で、言葉を噛み締める。細い息を吐き、如月は正宗の体を押し返した。

「正宗先……」

身を起こそうとした如月の腰に、なにかが引っかかる。

大人しく退いたはずの男の手が、パンツの縁を引いていた。不思議がる如月に、膝で寝台へ乗り上げた男がにっこりと笑う。

「心配しなくていいよ。ここから先は、仕事だから。顔見知りの看護師に処置されるのは、かわいそうだしね」

慣れた手つきで下着まで下ろされ、如月が悲鳴を呑む。

虫垂炎に限らず、腹部手術の際どんな処置が必要か、それを知らない如月ではない。慌てて両手を伸ばそうにも、瞬く間に裸にされた尻がシーツへ落ちた。

「きれいに、剃《そ》ってあげるから」

場違いなほど爽《さわ》やかに笑う男の手で、剃刀《かみそり》がきらめく。

「変態！」

淡い体毛に指を絡められ、如月は右の拳を突き出した。

博士の異常な愛情

意外《いがい》にも、荷物《にもつ》は随分《ずいぶん》と多かった。

カーテンのない窓《まど》に目を遣《や》ると、秋めいた日差《ひざ》しに睫《まつげ》が透《す》ける。肌《はだ》の白さも手伝い、如月侑那《きさらぎゆきな》の容《よう》貌《ぼう》はやわらかく光に映《は》えた。

段ボール箱を下ろし眺《なが》めたその部屋《へや》は、がらんとして広い。

フローリングの床《ゆか》に陣取《じんど》っているのは、積《つ》み上げられた荷物だけだ。家具《かぐ》が届《とど》くのは午後だから、もうしばらくはこのままだろう。

「これも、ここでいい？」

廊下《ろうか》から響《ひび》いた声に、如月は鳶色《とびいろ》の瞳《ひとみ》を巡《めぐ》らせた。

背《せ》の高い男が、段ボール箱を手に部屋を覗《のぞ》き込んでいる。

こんな大きな荷物を抱《かか》えていても、正宗誠一郎《まさむねせいいちろう》の容貌は涼《すず》しげだ。この半月以上、目が回るほど忙《いそが》しくすごしてきた男とは思えない。同じ職場《しょくば》で働《はたら》く如月も同様《どうよう》だったが、正宗の忙しさは群《ぐん》を抜《ぬ》いていた。

そんな多忙《たぼう》な正宗に、引っ越し作業《さぎょう》などおよそ似《に》つかわしくない。しかし逞《たくま》しく伸びやかな体も、甘く端整《たんせい》な容貌も、埃《ほこり》っぽい力仕事の場でさえ完璧《かんぺき》だった。

尤《もっと》も言うまでもないことだが、この男に一番相応《ふさわ》しいのは、手術室《しゅじゅつしつ》でメスを握《にぎ》る姿《すがた》だ。誰《だれ》よりも憧《あこが》れ続けた先輩外科医《せんぱいげかい》に、如月が右手で示《しめ》す。

「大丈夫《だいじょうぶ》だと思います。業者《ぎょうしゃ》さんたちは…」

天井《てんじょう》が高いこの部屋は、リビングとなる空間《くうかん》だ。ベランダの向こうには、町並《まちな》みが遙《はる》か眼下《がんか》に広がっている。

「すごい勢《いきお》いで荷物積み下ろしてるよ。あっという間に部屋中段ボールだらけになるんじゃないかな」

人の気配《けはい》がある廊下を振《ふ》り返《かえ》り、正宗が眼《め》を瞬《しばた》かせた。

のんびりした様子を見ていると、誰がこの部屋の主《あるじ》になるのか分からない。これは、如月のための引っ越しではないのだ。

「家具が届く前に、できるところまで頑張《がんば》りましょう」

両手《りょうて》を覆《おお》う軍手《ぐんて》を、如月がしっかりとはめ直す。この部屋で新しく生活《せいかつ》を始める正宗自身《じしん》より、余《よ》程熱心《ほどねっしん》な口調《くちょう》だ。そうするだけの理由が、如月にはある。

玄関《げんかん》へと向かいながら、如月は数週間前の記憶《きおく》を手繰《たぐ》り寄せた。


「引っ越しませんか、正宗先生」

右手には、マスクがあった。

ラテックスフリーの手袋《てぶくろ》を外《はず》しながら、正宗が首《くび》を傾《かし》げる。

「…プロポーズ？」

疑《うたぐ》り深そうな声は、ひどく真剣《しんけん》だ。

「……訂正《ていせい》します。一人暮《ぐ》らしをして下さい。正宗先生」

受け応《こた》えの素早《すばや》さはきっと、頭の回転《かいてん》の速《はや》さに比例《ひれい》する。これも機知《きち》と呼べるなら、正宗は本当に無駄《むだ》な部分に知能《ちのう》を浪費《ろうひ》していた。

尤も、たった今終えたばかりの執刀《しっとう》でも、正宗は十分にその能力《のうりょく》を発揮《はっき》してくれた。どんな賞賛《しょうさん》でも足りることのないその手腕《しゅわん》は、いまだ大学病院ではなく正城医院《せいじょういいん》で振るわれている。

夏の初めに起こった院内の異変《いへん》は、暑さが盛《さか》りを迎《むか》えるのを待たずすっかりと収《おさ》まっていた。如月が自《みずか》らの虫垂炎《ちゅうすいえん》の治療《ちりょう》を終え、仕事に復帰《ふっき》した頃《ころ》にはもう全《すべ》てが変わっていたのだ。

五十嵐《いがらし》副院長《ふくいんちょう》は病院を去り、他《ほか》にも数人の医師《いし》が姿を消した。そこには如月の実兄《じっけい》、五十嵐智紀《とものり》も含《ふく》まれていたが、院内に大きな混乱《こんらん》はなかった。後任《こうにん》の医師が忙しく働き、事情《じじょう》を知る一部の者がしたり顔で頷《うなず》いただけだ。

言うまでもなく、正宗が執刀した如月の手術は成功《せいこう》した。如月の下腹《かふく》にはちいさな傷痕《きずあと》が残ったが、それはむしろ得《え》がたい報償《ほうしょう》だ。

今回の一件で、より深い傷痕を負《お》った者は少なくない。

兄の五十嵐が病院を辞《や》めたのは、自らの意志《いし》だった。慰留《いりゅう》を固辞《こじ》した兄と、如月は退院《たいいん》後に一度だけ会った。義姉《あね》とは別居《べっきょ》しているらしいが、その表情《ひょうじょう》は思った以上に晴《は》れやかだった。

院長が用意した最高の推薦状を手に、再《ふたた》び医療《いりょう》に携《たずさ》わる職に就《つ》くかは、もうしばらく考えたい。そう語った兄にとって、これからの道のりは平坦《へいたん》ではないだろう。

自分の選択《せんたく》が果《は》たして正しかったのか、如月には分からない。だがそれが誤《あやま》りだったとしても、選《えら》び取った責任《せきにん》は自らが負うべきだ。

「俺《おれ》が家族と同居《どうきょ》だと嫌《いや》？　気にせず遊びに来ればいいのに。うちの家族なんか看護《かんご》師の手を借《か》り、正宗が手術用のガウンから腕《うで》を抜く。術中の出血《しゅっけつ》はほとんどなかったが、薄青《うすあお》いガウンにはそれでも幾《いく》つか染《し》みが滲《にじ》んでいた。

「そういう話じゃありません。と言うか、正宗先生のお宅にもう一度おうかがいする気は、全《まった》くありません」

同じようにガウンを外し、如月がきっぱりと首を横に振る。手術室つきの看護師たちが、代わる代わる笑顔《えがお》を見せて正宗の傍《かたわ》らを通りすぎた。一人ずつににこやかな会釈《えしゃく》を返し、正宗が手洗《てあら》い場へ向かう。

「ひどいな。院外デートなら、確かに自宅《じたく》じゃなくてもできるけど」

言葉ほども応えた様子もなく、正宗が唇《くちびる》を尖《とが》らせた。

「そんな意味でもありません。……先生はご実家《じっか》を…出るつもりはないんですか？」

正宗ほどの経済力《けいざいりょく》があれば、一人での生活も負担ではないはずだ。派手《はで》な車を乗り回してはいるが、男は特別《とくべつ》浪費家というわけでもない。そもそもあの車にも、思い入れがあるとは思えなかった。

「どうして？　便利だろ、あそこ」

不思議《ふしぎ》そうに、正宗が形のよい眼を瞬かせる。

心底《しんそこ》から、それを尋《たず》ねるのか。

確かに手入れが行き届いた実家で、上げ膳《ぜん》据《す》え膳で暮らすのは楽なことだ。同時に正宗は長男であり、家を継《つ》ぐことも大切なのかもしれない。だがそれはあくまでも、家族関係《かんけい》が良好《りょうこう》な場合においての話だろう。

「どうしてって、正宗先生こそこのままご実家で暮らし続けたら…」

続く言葉を声にできず、如月は唇を引き結んだ。

無事手術を終えた患者《かんじゃ》が、ストレッチャーに乗せられ運ばれて行く。

急患《きゅうかん》で搬送《はんそう》されて来たのは、腹部を三カ所刺された五十代の男性だ。幸い一命《いちめい》は取り留めたが、穏《おん》便《びん》でない刃傷を負わせたのは姪《めい》だった。相続問題で揉《も》めるうち、激昂《げっこう》した姪が叔父を刺し、家に油を撒《ま》いたらしい。居合わせた親族が血眼《ちまなこ》になって取り押さえたが、他にも軽傷者が出たと救急隊員が話していた。

如月の視線を追って、正宗もまた遠ざかるストレッチャーを見送る。

「あーもしかして、ああいうこと？」

無遠慮《ぶえんりょ》に指《ゆび》で指《さ》した正宗に、如月は奥歯《おくば》を噛《か》み締めた。

「大丈夫だって。そんなサプライズは滅多《めった》にないよ。食事も気をつけてればそこそこ平気《へいき》だし」

ざっくりと切れたあの男の腹を見ても、正宗の感慨《かんがい》はそんな程度か。

「殴《なぐ》りますよ」

入念《にゅうねん》に両手を洗浄《せんじょう》し、如月は隣《となり》に立つ男を肘《ひじ》で撲《ぶ》った。

「殴る前に言ってよ、それ」

大袈裟《おおげさ》に体を折る正宗を、看護師たちがにこやかに振り返る。誰も準備室でこんな話題を交《か》わしているとは思っていないのだろう。しかし如月は真剣だった。

あんな急患のせいだけではなく、もっとずっと以前から考えてきたことだ。

「僕《ぼく》、本気ですよ正宗先生」

「嬉《うれ》しいなあ。でも本当に家を出る理由がないんだよ。楽しいし」

家族団欒《だんらん》ってやつ。

そうにっこりと笑う正宗には、一点の曇《くも》りもない。

以前一度だけ訪《おとず》れた正宗家の夕食を思い出し、如月は顔を歪《ゆが》めた。団欒どころか、あんな針《はり》の筵《むしろ》は他にない。

「…楽しいのは、先生だけでしょう。だからって…」

自宅での暮らしを楽しんでいると言う正宗の言葉は、実際虚勢《きょせい》ではないだろう。正宗以外の家族全員が、男があの家から出て行くことを望んでいる。だからこそ、正宗は笑いながらあそこで生活を続けるのだ。自分の存在が家族にどれほど影響を与えるのか、男は十分に承知《しょうち》している。

「だからって?」

言葉の続きを促され、如月は声の塊を呑《の》み込んだ。

健康《けんこう》的ではない。あんなのは。

苦い言葉の代わりに、ゆっくりと息を吐《は》く。

「……これ以上、浪費する必要はないと思うんです」

「時間を？」

尋ねる正宗の声音《こわね》は、やさしい。男を見上げ、如月は首を横に振った。

「違います。先生ご自身を、です」

今度ははっきりと、声にする。

真《ま》っ直《す》ぐな視線《しせん》の先で、正宗が初めて眼を見開いた。

「……きっと満足なんてできないでしょう、正宗先生は。死《し》ぬまであの家で暮らしたって……」

正宗は根気《こんき》のある男だ。家族の全員が音《ね》を上げても、男だけは自分が決めた生活を貫《つらぬ》くだろう。しかしその先に、なにがあるのか。一人きり、最後《さいご》にあの広い家に残った時、確かに正宗を満《み》たすものがあるのかもしれない。だが正宗自身を損《そこ》なわせてまで得る価値《かち》が、そんなものにあると如月には思えなかった。

豊《ゆた》かな家庭で育った、甘ったれた考えだと言われればそれまでだ。ちいさく唇を噛んだ如月に、正宗が顎《あご》を引く。

笑うのか。

如月の予想《よそう》に反し、正宗の眉間《みけん》が歪んだ。

「死ぬまで、か」

もらされた声は、ひどく近い。

半歩後退《はんぽあとじさ》ろうとした時には、遅《おそ》かった。長い腕が伸び、縺《もつ》れながら棚《たな》の陰《かげ》へ引き込まれる。

「正……」

乱暴《らんぼう》に押しつけられた正宗の唇へ、声と息《いき》とが呑み込まれた。押し返そうとする腕を無視して、噛みつくように唇を塞《ふさ》がれる。

「……う…」

一見するよりずっと、正宗の唇はあたたかだ。強い舌《した》に唇を割《わ》られ、膝《ひざ》が揺れる。

「っ…、ぁ……」

身を乗り出せば見つかる場所に、看護師たちがいるはずだ。

動転《どうてん》し逃《のが》れようとする舌を、痛《いた》むくらいに吸われる。じんと口腔《こうくう》全体が痺《しび》れて、鼻《はな》にかかった息がもれた。複雑《ふくざつ》な形をした口蓋《こうがい》を舌先で掻《か》かれると、頭皮《とうひ》にまで鳥肌《とりはだ》が立つ。

「……正宗先生?」

投げられた声に、如月はぎょっとして男の衣服《いふく》へ爪《つめ》を立てた。唾液《だえき》を引いて離《はな》れた唇を、正宗がべろりと舐《な》める。

「ああ、どうかした?」

答える男の声は、平素《へいそ》となに一つ変わらない。

崩《くず》れ落ちそうになった如月を体の陰に隠《かく》し、正宗が看護師を振り返る。不審《ふしん》を抱いた様子もなく、指示《しじ》を仰《あお》いだ看護師が、短い受け応えの末部屋を出た。

「正……!」

遠ざかる足音に、如月の拳《こぶし》が男を打つ。

胸《むね》を蹴《け》り上げる心臓《しんぞう》の音が、うるさい。喘《あえ》ぎながらも怒鳴《どな》った如月の肩口へ、影《かげ》が落ちた。

「先…生……」

「…たまに効《き》きすぎるよね、如月のアッパーは」

痩《や》せた肩へ眉間を押し当て、正宗が呻《うめ》く。

絞《しぼ》り出された声には、嘲笑《ちょうしょう》の欠片《かけら》もない。同時に背筋《せすじ》が冷《ひ》えるような、怒気《どき》もなかった。

怒鳴られても不思議はないと、むしろ殴られる覚悟《かくご》さえ、如月にはあったのだ。

正宗は、干渉《かんしょう》など欲《ほっ》しない。たった一度覗き見ることを許《ゆる》されただけの自分が、正宗の私生活に口を出そうなど思い上がりだ。

「……明日にでも、とか、そういうことじゃないんです。ただ僕は……」

「ありがとう」

与えられた声に、如月の瞼《まぶた》がぴくりとふるえる。

「お前この前からずっと、考えてくれてたんだろう」

肩口でもらされた声音は、やはり静《しず》かだ。胸の内を見透かされた心地《ここち》がして、如月がたじろぐ。

「如月らしい、よね。でも、それだけじゃなくて……」

一つ大きく息を吐き、正宗がゆっくりと顔を上げた。

如月らしい、だなどというのは、きっと褒《ほ》め言葉ではない。目を伏《ふ》せた如月の鼻先を、意外な囁《ささや》きが撫《な》でた。

「お前の言うとおりだと思う」

社交辞令《しゃこうじれい》だとしても、こんな言葉を自分はわずかでも期待《きたい》していただろうか。ぎょっとして目を瞠《みは》った如月に、正宗が薄い唇を綻《ほころ》ばせた。

「だから、家を出るよ」


家を出る、と。

正宗が如月に告《つ》げたのは、真夏日が続く頃のことだ。正直、自分が正宗を説得《せっとく》できる自信《じしん》など少しもなかった。しかしあれから一カ月も経《た》たない今、自分はこうしてここに立っている。

「お疲《つか》れ様。少し休憩《きゅうけい》にしないか」

開け放《はな》したままの白木《しらき》の扉《とびら》から、ちいさな合図《ノック》が聞こえた。振り返った視線の先で、正宗が緑色のボトルを示す。

「正宗先生こそお疲れ様です。ここの部屋用の荷物は、全部揃《そろ》ってるみたいですよ」

段ボール箱を数え、如月は慣《な》れない軍手を外した。

あるべき場所へ収まりきっていない箱たちが、部屋を雑然《ざつぜん》と見せている。しかし昼すぎに訪れた家具業者により、家具の幾つかはすでに設置《せっち》を終えていた。主寝室《しゅしんしつ》となるこの部屋にもチェストが運び込まれたが、それ以外は後日になるらしい。

埃っぽい手を洗うため、如月が部屋の脇《わき》にある洗面所へ向かう。こぢんまりとしたそこ以外にももう一つ、マンションには広い洗面所があった。寝室と居間《いま》、書斎《しょさい》を持つマンションは、独居用《どっきょよう》とはいえ一人で暮らすには贅沢《ぜいたく》すぎる造《つく》りだ。

正宗の経済力を思えば当たり前なのだろうが、扉を開いた瞬間《しゅんかん》に感じた違和感《いわかん》を、如月は打ち消せずにいた。

この部屋はどこか、如月が知る正宗という男の印象《いんしょう》とは違っている。

自分の想像に、如月はちいさく笑った。

自分は一体正宗を、どんな人間だと考えているのだろう。ほんの半年前までだったら、正宗が都心の豪奢《ごうしゃ》なマンションに暮らすと聞いても、驚《おどろ》くどころか当然だと感じたはずだ。

「家具、どれもサイズぴったりでしたね。いつ選んだんです、ずっと忙しかったのに」

壁際《かべぎわ》に置《お》かれた木製のチェストを眺め、如月もまた床へ腰《こし》を下ろす。

家具の購入《こうにゅう》に限らず、転居に関する正宗の行動力には目を瞠るものがあった。如月は男が本当に越すかどうかも、楽観的《らっかんてき》な期待などしていなかったのだ。だがありがとう、と、そう言った二週間後には、正宗は転居先を決めていた。

「忙しかったのは如月も一緒《いっしょ》だろ。大丈夫？　あんまり寝《ね》てないんじゃない、ここんとこ」

床へグラスを並べた正宗が、クラッカーの紙包《づつ》みを開く。

正宗が心配する通り、如月は昨夜も三時間ほどしか眠《ねむ》っていない。しかも自宅には帰れず、病院の仮眠室《かみんしつ》で目を閉じただけだ。そもそも最後に自分の寝台《ベッド》で休んだのがいつか、正確《せいかく》には思い出せなかった。

「平気ですよ。それにしても、広い部屋を借りたんですね」

「そう？　普通《ふつう》だと思うけど」

オレンジを切り分け、正宗がボトルを引き寄せる。

如月を連れ回す際はいつでも、正宗はおおらかに金を使った。しかし正宗自身やその身の回りの品に執着《しゅうちゃく》しているかといえば、そうとは思えない。院内で正宗が根城《ねじろ》にしている、あの部屋がいい例だ。壁にも机にも、絵一枚飾る発想のない男が、こんなに広い部屋に、大きな荷物と共に越すのはやはり意外だった。

「水でよかった？　シャンパンもあるけど」

発泡性の水をグラスへ注ぎ、正宗が笑いながら如月を見る。

紙の上に並んだ皿《さら》には、生ハムに包まれた白いチーズや、蟹《かに》のパテ、サラダが盛《も》られていた。クラッカーが添《そ》えられたそれらは気取りがないが、どれもうまそうだ。

「…水がいいです」

瀟洒《しょうしゃ》なマンションに、気の利《き》いた軽食《けいしょく》。これに冷えたシャンパンが加われば、完璧だ。むしろ完璧すぎて、あまりにもやりすぎだろう。

げんなりと呻いた如月の心中《しんちゅう》など、正宗には十分に分かっているはずだ。むしろこの渋面《じゅうめん》こそを見たかったに違いない。

「つれないな。でも家具が全部揃って部屋が片づいたら、シャンパンでもなんでもお祝《いわ》いしようよ。如月がこの部屋の、最初《さいしょ》のお客になってくれた記念《きねん》に」

機嫌《きげん》のよい正宗を睨《にら》み、如月が薄いグラスに口をつける。軽い口当たりの水は、動き回った体に心地好《よ》く沁《し》みた。

「その前に、引っ越しのお祝いが先じゃないですか。なにか必要なものはありますか？　お贈《おく》りできるものがあれば嬉しいんですが」

今はがらんとしているこの部屋も、寝台が入れば見違えるだろう。なにか贈らせてもらいたいが、正宗は必要ならばなんでも自らの好《この》みで揃えることができる男だ。きっと世話を焼いてくれる女性にも、不自由はしていない。

「くれるの？　如月が？」

「僕の薄給《はっきゅう》で買えるようなものであれば」

「迷うな」

オレンジを囓《かじ》った正宗が、真顔で眉《まゆ》を寄せる。

正宗によって切り分けられたオレンジは均一《きんいつ》で、掌《てのひら》の上で刻《きざ》まれたとは思えない。手にするものがメスでなくとも、正宗は器用《きよう》に刃物《はもの》を扱《あつか》った。

「如月は、なんでも俺にくれるから」

柑橘《かんきつ》の香りを乗せた息が、鼻先へ触れる。膝を引き寄せた正宗が、日差しにあたためられた床へ左手をついた。

「なんでもなんてのは……」

床に置かれた皿たちは、男の体を阻《はば》む障壁《しょうへき》にはなりようがない。近くなった距離《きょり》に、不意に爪先《つまさき》が落ちつかなくなる。

「こんだけ働かせておいてなんだけど、欲しいな」

引っ越し祝い。

そう言葉を足した正宗に、如月は薄い唇を嚙んだ。

過去にどれほどの女性が、同じ声音に籠絡《ろうらく》されてきたのか。それを思うと、単純《たんじゅん》に腹が立つ。正宗に、というより自分自身に対してだ。

「やっぱり撤回《てっかい》します。引っ越し祝いは……」

用意しない、と、そう言ってやろうとした唇へ、甘い息が重《かさ》なってくる。途端《とたん》に、頰《ほお》のあたりが熱くなった。

「あ……」

乗り出した正宗の体に押され、左肘から床へ崩れる。投げ出した膝の真横に、這《は》い寄る男の膝が当たった。

「如月が、いいな」

こんな言葉、どうして恥《は》ずかしげもなく口にできるのか。

睨みつけようにも、伸しかかられる形で見下ろされると意味を失《うしな》う。肘に当たる床の固さを感じながら、如月はできる限り眉根《まゆね》を寄せた。

「あげられませんよ、僕は」

「これ以上は、って意味？」

笑った唇が、もう一度重なってくる。ゆっくりと触《ふ》れたそれを、如月も今度は拒《こば》まなかった。男の言葉通り、自分が多くの部分を正宗へ明け渡してしまったことは事実だ。

「ん……」

柑橘の香りがする舌先で、唇の隙間《すきま》をくすぐられる。

同性の、しかも正宗と口吻《くちづ》けているのかと思うと、今でも不思議な心地がした。くるりと肩を撫でた手が、肘や背を確かめ腰へ下りてくる。

手慣れた、穏《おだ》やかな仕種《しぐさ》に胸が重くなるのは一瞬のことだ。顳顬《こめかみ》へ押しつけられた唇が動くと、頭の芯《しん》が濁《にご》る。

「力抜いて」

患者を諭《さと》すように、やさしい声が耳殻《じかく》をくすぐった。気がつけば、背中からすっかりと床へ落ちている。

「痛い?」

下着ごとデニムを引き下ろされ、如月は目を閉じた。床にこすれる如月を気遣《きづか》いながらも、正宗は手を止める気などないのだろう。

「シーツだけでも、敷《し》いとく?」

積まれた箱のどれかを開けば、寝具《しんぐ》を捜《さが》し出せるかもしれない。だが今更《いまさら》、この床にシーツを広げる気持ちにはならなかった。より深く眉根を寄せた如月の脇腹《わきばら》を、しなやかな指がそっと撫でる。

「…っ…」

「返事してよ。如月と初めてこの寝室の使い勝手《がって》、試《ため》すのにさ」

びくりと爪先が跳《は》ねたのは、男の膝が剝《む》き出しの性器《せいき》を掠《かす》めたせいだけではない。

「あ……」

白くなめらかな下腹に残る、ちいさな傷を辿《たど》られた。虫垂炎の、手術痕《あと》だ。

「本当は先に、二人でベッドの寝心地を試すつもりだったんだけど」

頰骨《ほおぼね》の真上で、正宗が唇を動かす。

だが与えられる言葉の半分も、頭に入らない。顳顬を吸いながら、正宗が縦に傷口を撫でてくる。

正宗自身が残した傷だ。正宗が操《あやつ》る、メスが。

「先…生……」

床に肘をぶつけながら、如月が正宗の腕を摑《つか》もうとする。力が入らない指先を笑い、正宗が股間《こかん》へ膝を押しつけた。

「ベッドまだ届かないから、許して」

太腿《ふともも》を持ち上げた掌に、強く尻《しり》を摑まれる。すぐに尻の割れ目へ動いた指が、窄《すぼ》まった粘膜《ねんまく》を突いた。

「…う…」

背筋が撓《しな》って、腰が浮く。

日差しにあたためられた床は、如月の体温と混《ま》じってすでにぬるい。

シーツはともかく、せめて部屋を暗くするためのカーテンが欲しかった。正宗と関係するまで、こういうことは明かりを消して行うものだと思っていた。日の高い室内《しつない》では、表情も体も何一つ隠せない。裸《はだか》に剝かれた下腹部を、男がしげしげと覗き込んでくる。

「正……」

「結構《けっこう》、生《は》えてきたね」

にやりと笑った男の指が、膝で触れていた股間をいじった。明かりを受けるそこには、申し訳程度にしか体毛が生えていない。

「や……」

本来なら剃刀《かみそり》を当てる必要など、全くない場所だ。手術準備のためだったとはいえ、言葉にされるとどうしようもない羞恥《しゅうち》が込み上げた。入念に体毛を剃《そ》り落としたのは、今股間を撫で回すのと同じ男の指だ。

「でもまだちょっと、ちくちくする」

閉じようともがく膝を押し上げ、正宗がすりすりと股間をさすってくる。男の言葉どおり、まだ伸びきらない陰毛《いんもう》が正宗の手に引っかかった。

「いい眺めだよね、これ。如月も興奮《こうふん》する？」

正宗の手首に当たる性器は、すでに赤く芯を持ち始めている。

ここ半月の疲労《ひろう》が、体の反応を過剰《かじょう》なものにしているだけだ。そう言い訳したかったが、できないことも分かっていた。恥ずかしい場所を検分《けんぶん》される恥辱《ちじょく》に、性器がぴくりと跳ねる。

「あ…、あ……」

「また、剃ってあげようか」

耳殻を囓り、正宗の指先が尻の割れ目で動いた。上下に揺らされると男の指が引っかかり、尻穴《しりあな》がきゅっと窄まる。

「…ん……」

触診《しょくしん》する医師の手つきで、陰嚢《いんのう》ごと性器を持ち上げられた。尻の前と後ろから、最も弱い場所をいじられて体が揺れる。

「あ……、先…」

「俺、案外上手《じょうず》だったでしょ」

笑った正宗の指が、また傷口を掻くように撫でた。

息を詰めてのたうつと、尻穴から指が逸《そ》れる。ほっと息をほどこうにも、喉《のど》の奥が乾《かわ》いて苦しい。発泡性の水の味も、もう口腔にはなかった。

「…ふ……」

舌を出して唇を舐めると、ちゅるりと音を立てて舌先を吸われる。歯を立てず、びくつく舌先を唇で挟《はさ》まれた。

「ッ…、あ…っ…」

腰だけを横抱きにする姿勢《しせい》を強《し》いられ、尻にぬれた指が当たる。巡らせた視線の先に、押し潰《つぶ》されるチューブが映《うつ》った。見覚《みおぼ》えのあるそれは、粘度《ねんど》の高い医薬品《いやくひん》だ。

「まだ冷たいかな…」

「……っ……」

器用な指が軟膏《なんこう》を掬《すく》い、穴の上でくるくると動く。内臓《ないぞう》が迫《せ》り上がるような不快感《ふかいかん》に、二の腕に鳥肌が立った。

「痛かったら、声出していいから」

こんな広い部屋なら、多少の声など隣室まで届かない。

なんて、できすぎている。

思い描《えが》き、如月は唇を噛んだ。

「あ、あ……ぁ……」

窄まった襞《ひだ》を掻き分けられると、殺しきれずに声がこぼれる。人体の構造《こうぞう》に精通した正宗の指は慎《しん》重《ちょう》で、逃れようがない。横臥《おうが》という姿勢も尻の緊張《きんちょう》がゆるむ半面、まるで処置台で触診されるようで如月を苦しめた。

「すごい締《し》めつけてくる。如月のなか」

じゅぷりと音を立てて、もう一本の指がつけ根まで埋まる。狭《せま》い肉のなかで指を回され、反応を見下ろしながら出し入れされた。空気が潰れる惨《みじ》めな音を立てて、さらにもう一本、指が入り込んでくる。

「ひ…、あ…っ、は……」

力を抜こうにも、圧迫感《あっぱくかん》に体が強張《こわば》った。こんな明るい部屋で、恥ずかしい場所を男に任《まか》せるのは耐《た》えがたい。

しかも入り込んでいるのは、正宗の指だ。

あの、指が。

腹側へと指を曲げ、辛抱《しんぼう》強く押したり引き伸ばしたりされると、圧迫感とは違う重苦しさに息が詰まる。三本以上の指がぬるぬると動く頃には、額《ひたい》にも背中にもべったりと汗《あせ》が滲《にじ》んだ。

「昨日《きのう》も、病院に泊まったんだろ」

床へ落ちていたはずの両肩が、気がつけばぐったりと横を向いている。尻穴の縁《ふち》を押した指が、音を立てて抜け出た。

「…う…」

「他にも誰か、泊まったの？」

院内にある仮眠室には、衝立《ついたて》とカーテンで仕切られた寝台がある。昨夜も何人かの医師が出入りしていたが、如月の記憶は寝台のカーテンを引いたあたりで途《と》切《ぎ》れていた。

「知り…ま…」

「どうして俺の部屋に来ないんだ、如月は」

正宗の個室には寝台こそないが、大きなソファがある。人の出入りを気にせず眠ることができるが、それは一人で横になれたらの場合だ。

「ぁ……」

「仮眠室なんかで寝るの、止《や》めときなよ。なにが起こるか分かんないし」

膝で体を支《ささ》え直した正宗が、上半身を揺らす。

広い肩から袖《そで》を抜いた男が、脱ぎ散らかされた如月の着衣と同様に、シャツを床へ放《ほう》った。当たり前のようなその仕種にも、気恥ずかしさが込み上げる。

「如月のココがどうなってるか、みんな興味津々《きょうみしんしん》なんじゃない？　それにほら、如月のお尻……」

体を丸めようとする如月へ覆い被《かぶ》さり、掌が尻肉を押し広げた。

「すごいよ、真っ赤になってる。如月がこんないやらしい体してるって知ったら、誰だっておかしくなる」

男である自分の体に興味を持つのは、正宗くらいだ。

そう反論しようにも、喉から出るのは高い音でしかない。肩で息をする如月の尻へ、弾力《だんりょく》のある肉が密着《みっちゃく》した。

「あ…、先……」

思わず肩越しに見た正宗の下腹で、太い陰茎《いんけい》が反《そ》り返る。

引き剥《は》がすようにきつく目を閉じたが、焼きついた形は消し去りようがない。ふるえた如月の肩口へ、正宗が唇を落とした。

「俺だって」

熱っぽい囁きと共に、指で広げられた場所へ陰茎が食い込む。

「…い…っ、あ……」

半月とはいえ、性交《せいこう》から遠退《とおの》いた体はそれだけで硬《かた》い。詰まる息を解こうにも奥歯がふるえて、体が竦《すく》んだ。

「……ゆるめて、如月」

喉の奥に絡《から》む声が、耳の真裏で囁く。

勝手なことを、言わないで欲しい。

深く息を吸いたいのに、速い呼吸《こきゅう》が肺《はい》を苦しめる。ひどく熱い肉の先端が、動きながら穴を広げた。

「う…う…、あっ…、あ……」

肘で床をこすり這い逃れようとする体を、もう一度横抱きにされる。

挿入《そうにゅう》が容易《ようい》な形に固定されたまま、ずるりと太い部分を呑み込まされた。抱えられた腿が力を失って、自分がどんな姿でいるのかも考えられない。

「はっ…、ぁ…、ひっ…」

ぬぷ、と潰れた音が尻穴で上がる。

傷つきそうなほど大きく広げられた穴から、正宗が腰を引いた。

「あぁ…っ…」

太い陰茎が完全に抜け出ると、突っ張っていた肘から力が失《う》せる。諦《あきら》めてくれたのか。大きく上下した如月の肩胛骨《けんこうこつ》へ、熱い体が密着する。

「奥まで、入らせて」

甘ったるい懇願《こんがん》に、首筋の産毛《うぶげ》が逆立《さかだ》った。

半《なか》ば分かっていたこととはいえ、鼻腔《びくう》の奥が鈍《にぶ》く痛む。膝で体を支え直した正宗が、改《あらた》めて尻穴へ陰茎を宛《あて》がった。

「うぅ……」

押し出されるように、喉が鳴る。それでも二度目の挿入は、一度目より容易だった。太いままの陰茎が、時間をかけ先程よりずっと奥まで入り込んでくる。

「ぁ……」

「もう少し、無理?」

首筋を囓る男の声も、掠れて荒《あら》い。

腿を撫でた手が性器に当たり、ぶるっと全身がふるえてしまう。

「…ん…、あ…や……」

苦しいはずなのに、先端を握られると爪先が丸まった。背を反らせた如月の指先を、正宗が捕《と》らえる。

「自分で、いじってみてよ。他は俺が、触ってあげるから」

揺すり上げられるまま、導《みちび》かれた指が自身の性器に触れた。肩越しに男を睨もうとしたが、結局は潤《うる》んだ目元が歪んだだけだ。

「や……、は…、あ…」

尻から垂《た》れた軟膏のせいか、陰嚢も性器もべっとりとぬれている。器用な指先に強いられるまま、包み込んだ手のなかで自身が脈《みゃく》打った。

「…ふ、…ふぁ……」

二本の指で括《くび》れた部分を捕らえ、怖《お》ず怖《お》ずと先端に親指をかける。横抱きにされたまま、背後から突き入れられているせいで、手の動きを正宗から隠せない。

ぬれきった先端へ掌を擦《す》りつけると、甘い痺れが背骨を伝った。

「ん……」

「そう…如月。上手だ」

耳元で褒めた正宗が、突き出す動きで腰を揺する。窄まった穴の狭さを楽しむように、陰茎がびくつきながら大きく動いた。

「…ひぁ……、ぁ…、早……」

「もっとゆっくりがいいの？　それじゃ如月、イけないだろ」

「や…ぅ……」

やわらかな肉を掻き上げ、腹側の一点をこすられると爪先が跳ねる。

軟膏のぬめりを借りて、正宗の陰茎はなめらかに出入りした。まるで自分の肉が、内側からぬれてるみたいだ。そんなこと、決してあり得ないのに。

「イけそう？」

甘い声が、頭蓋《ずがい》の奥へ垂れてくる。

掻き回される腹ごと、腰から下がどろりと痺れた。

自分の声がどんな効果をもたらすのか、この男は全て分かっている。声だけでなく、唇が、息遣いが、そして指先が。

「…ひぁ……」

性感のせいばかりでなく、如月は顳顬を床へ押しつけた。涙《なみだ》が、こぼれそうになる。肺腑《はいふ》の奥、眼底《がんてい》に直結したようなその感情の意味を、認《みと》めてしまうのは苦々しい。だが如月は、その正体《しょうたい》を知っていた。

「正……」

半開きになった唇から、呼ぶ声がこぼれる。

口にし慣れた、名だ。

自分が呼び、そして数多《あまた》の女が口にしたがる名前だった。

「いいよ、出して」

皮膚《ひふ》を嚙る声は、毒《どく》のようにやさしい。

耳を塞ぐ代わりに、如月は強く奥歯を嚙み締めた。

「…う…あ……」

敏感《びんかん》な場所を押し潰す動きで、ぬるんだ穴を抉《えぐ》られる。堪《こら》えようがなく、熱い精液《せいえき》が掌を汚《よご》した。

「あぁ…っ…、ぁ…」

奥歯が浮き上がるような性感に、指先へ力が籠《こ》もる。

短く呻きながらも、正宗は腰の動きを止めてくれない。きつく窄まる肉の強さが、太い陰茎を扱《しご》き上げた。

「ひ…ぁ…」

「俺も…出そう」

首筋に落ちる正宗の息が、火みたいに熱く皮膚を舐める。

性器を握ったままの指を伝い、あたたかい精液が床に垂れた。

「…う…そ……」

乾ききった口腔から、何故《なぜ》声がもれたのか。

「だって如月、こんなにぎゅうぎゅう締めるから…」

笑う正宗の息遣いにさえ、首筋がぞくぞくする。固い陰茎に突かれ、手のなかの性器がもう一度びくついた。

「イかせて」

誘《さそ》う声に、鼻腔の奥が痛む。

「あ…」

「如月のなかで」

短い陰毛をくすぐった指が、他とは手触りが違う皮膚を掻いた。

「…う…あっ…」

息もできない。

メスが辿ったものと同じ道筋を、指先が撫でる。切り開かれた皮膚と、肉。何人《なんぴと》も触れたことのない腹腔《ふくくう》の奥にまで触れたもの。

それは他の誰のものでもない。この指だ。

「ねえ、如月」

名前を呼んで、いじられる。

精液でぬれた指が、苦しむように床を掻いた。

悲鳴を上げた如月の腹で、正宗の陰茎が脈打つ。


「やっぱりシャンパンにしとく？」

真上から覗き込む声に、眉間を歪める。肘置きの感覚を後頭部に感じながら、如月は瞼を押し上げた。

「……水を下さい」

まだしゃがれた声が、忌々《いまいま》しい。時計を探そうと視線を迷わせ、如月はすぐに諦めた。

段ボール箱が積まれた寝室から居間へ移動《いどう》したのは、二十分ほど前のことだ。辛《かろ》うじて家具が揃う居間にも、まだ時計は置かれていない。ぐったりとソファへ身を投げ出す如月を、グラスを手にした正宗が見下ろしてくる。

「寝てなよ。口移《くちうつ》しであげるから」

この男が口にすると、冗談《じょうだん》に聞こえない。

渋《しぶ》い表情のまま、如月は体を起こした。

日が沈《しず》む頃まで、床で繋《つな》がっていた体が痛い。体重を支えていた左の肩へ手を遣るが、幸い骨や筋に異常はなさそうだ。

「結構です。それよりもう少し、片づけないと…」

吐息《といき》混じりの、声になる。

押し潰されそうな疲労感は、性交のせいばかりではなく睡眠《すいみん》不足からくるものだろう。

「ベッドが届く前に、床汚しちゃったし？」

グラスを差し出し、正宗が笑う。

人好きのする笑顔とは対照《たいしょう》的に、その眼は意地悪《いじわる》な光を隠さない。思わず眉を吊《つ》り上げた如月に、正宗が楽しそうに肩を揺らした。

「大丈夫だよ。俺が拭《ふ》いといたから、寝てたら。それより本格的に、お腹空《なかす》いてない？」

埃っぽい床で、あんなことを始めたのは正宗ではないか。尤も、拒みきらなかったのは自分だ。

その事実がある限り、如月が反論できないことを正宗は知っている。知っていて、嬲《なぶ》る言葉を選ぶ男の一面など、以前は想像もしなかった。

「正宗先生は……」

低くなった如月の声に、ボトルを手にした男が眼を上げる。

「先生は、本当に…よかったんですか」

口にしてしまった後に、喉の奥がひりついた。今更な問いだ。眉根を寄せた如月に、正宗が眼を瞬かせた。

「当たり前じゃないか。如月とのセックスはいつでも最高だよ」

「っ…、な……」

真顔で頷いた男に、如月が目を見開く。

「如月疲れてるのに、すごく可愛《かわい》い声聞かせてくれたし。久し振りだったのにお尻もちゃんと俺のこと覚えててくれたみたいで安心した。…あ、もしかして、セックスじゃなくて、俺も腹減《へ》ってないかとか、そういう話だった？」

今すぐこの口を、縫《ぬ》い止めてやりたい。

グラスを握った手を突き出さなかったのは、賞賛に値《あたい》する。きょとんとした正宗へ、如月は固めた拳を振り上げた。

「如…」

「誰もそんな話してません。引っ越しの話です、引っ越しの！」

怒鳴った如月に、正宗が益々《ますます》眼を丸くする。

「引っ越し？　如月ここ、気に入らない？」

如月の拳から身を躱《かわ》し、男が広い室内を見回した。

「僕の話じゃなくて……」

贅沢な間取りも、落ちついた家具も、ここに欠けているものは一つもない。

なさすぎる。

訪れた誰もが、この部屋に嫌悪《けんお》感など抱きようがなかった。部屋の住人が将来《しょうらい》を嘱望《しょくぼう》される外科医だと知れば、皆羨《みなうらや》む以前に納得《なっとく》するだろう。しかもその男は独身《どくしん》で、男女の別なく誰からも好かれる存在ときてる。

絵に描《か》いたような幸福《こうふく》や輝《かがや》かしさを、如月も素直《すなお》に信じていた時期があった。だが今は、半年前まで与えられていた完璧さなど、無意味なものでしかなかったことを知っている。

正宗という男が真実求めるものはなにか。

一人では持て余すほど広い空間や、溜《た》め息が出そうな家具たちも、決して正宗を慰《なぐさ》めない。そうしたものに頓着《とんちゃく》しない正宗が、暮らすためだけに選ぶならば、広さも飾りもない四角いだけの部屋で十分なはずだ。

では、何故。

如月を納得させるためか。

引っ越しを促した自分が、これ以上干渉できないよう正宗はここを作り上げたのか。非《ひ》の打ちどころのない部屋は、万人に与えられる正宗の表層とあまりにもよく似ている。

「先生が暮らしたかったのは、やっぱりご実家で……」

「勿論《もちろん》実家は好きだよ。病院からは少し遠いけど、広いしそれに、楽しいし」

屈託《くったく》のない男の声に、如月は双眸《そうぼう》を歪めた。口を開こうにも喘ぐことしかできない如月へ、正宗が深く体を折る。

「でも、それだけだから」

静かな声に、ぎくりとした。声を上げられないまま男を見る如月へ、正宗がゆっくりと額を寄せる。

「楽しみなんだ」

近すぎるせいで、男の表情は分からない。ちいさく笑った息遣いに、睫がふるえた。

「楽し…み…？」

「生活を変えるってのも、悪くないと思って。それにここへ、帰ってくるのも」

大きな掌がグラスを取り上げ、如月の肘を撫でる。

「…今までだって、実家《いえ》に帰るのは楽しみだったけど。それとはちょっと、違う意味でさ」

喉の奥で笑う人の悪さを、窘《たしな》められない。

何度も瞬いた如月から、正宗が額を上げる。

「如月がここあんまり好きじゃないなら、すぐに他の物件《ぶっけん》探すよ。家具だって…」

「そ、そんなこと、ありません！」

他の誰しもと同様に、如月がこの部屋を嫌う理由は一つもなかった。むしろ暮らしやすそうな、素晴らしい部屋だ。

ただその完璧さが正宗という男と重なるたび、胸苦しくなる。

理想とも言える正宗の姿に、憧れ続けてきた。もしあの時、患者からの手紙を焼く現場を見なかったら、自分は今でも正宗を完璧な男だと信じていられただろう。

だが真実を知ってしまった今、時間を巻き戻《まもど》すことは望まない。だがそれも、言い訳なのかもしれなかった。正宗の胸を仄暗《ほのぐら》く染め、誰にも明け渡されることのない世界の一端を覗き見ることを許された、優越《ゆうえつ》感か。

今まで正宗が拘《かか》わってきた女性の多くが、同様に男の傷を覗き込んだのかもしれない。だが自分が男であり、他者が女性である以上、同じ物差しを当てる発想が如月にはなかった。

ただ拒まれることは、こんなにも自分を落ちつかなくさせる。

床で抱き合った時にも胸を占《し》めた、冷たい感覚。如月が理解したいと望んでも、男がそれを与えるとは限らないのだ。

「…出すぎたことを言って、すみませんでした」

掠れそうな如月の呟きに、正宗が眉を吊り上げる。

「でも僕は…」

正宗に、家を出て欲しかった。

男の腕を掴み、あの場所から引き摺《ず》り出す資格《しかく》と覚悟が、自分にあったとは明言《めいげん》しがたい。

実家で培《つちか》われた日々は別《わか》ちがたく癒着《ゆちゃく》して、正宗という男の一部になり果てている。そうだとしても、あるいはそうだからこそ、正宗には実家を離れて欲しかった。

これはきっと、後輩の親身《しんみ》さや心配といった範疇《はんちゅう》を、逸脱《いつだつ》した感情だろう。生意気な口を利き、利《り》己《こ》的な望みを突きつけた自分を、それでも正宗は責めなかった。

「…殴られるより効くね。そんなふうに言われると」

きつく唇を噛んだ如月に、正宗が眼を瞠る。拳を握り締めてみせると、男が眩《まぶ》しそうに笑った。

「怖《こわ》いな」

少しもそうは思っていない声で、正宗が如月の前髪《まえがみ》へ触れる。

「俺はお前に、礼を言いたいくらいなんだけど」

皮肉など一欠片もない声音に、如月は強く目を閉じた。やはりこの男は知っている。自分の声が、指が、どんな効果を如月にもたらすかを。

「ありがとう、如月」

心地好い響きが耳殻を撫で、如月は奥歯を噛み締めた。

「新しい楽しみをくれたのも、引っ越しを祝ってくれたのも、すごく嬉しかった」

褒められない正宗の冗談にも、鼻腔の奥が鈍く痛む。迫り上がりそうな塊を呑み込み、如月はソファから立ち上がった。

「…そんなふうに言っていただけることは、一つもありませんよ。引っ越し祝いはともかく……。それより、もう少し部屋、片づけちゃいましょう。このままじゃ、いつまで経ってもここで暮らせませんから」

ここが今日から、正宗の家になる。今はまだよそよそしいこの部屋も、いずれは正宗らしい居場所となってくれるはずだ。

「無理しなくていいよ。そんなこと」

「平気ですよ。先生は休んでて下さい。呼び出しから外れてても、なにがあるか分かりませんから」

正宗が言ってくれたとおり、ここが快《こころよ》く帰宅できる場所になってくれたなら、嬉しい。少しでもその力になれたならと、如月は段ボール箱の一つを開いた。

「じゃあシーツが入ってる箱から開けようか…って、あ。もしかしてシーツ、俺まだ買ってなかったかな」

そもそも寝台が届いていないのだから、シーツがあってもどうしようもない。正論で窘めようとして、如月は動きを止めた。

「毛布《もうふ》はベッドと一緒に届くはずなんだけど。……如月？」

眉根を寄せていた正宗が、立ちつくす如月に首を傾げる。

不思議そうな視線を向けられても、段ボール箱を見下ろすことしかできなかった。厳密《げんみつ》には、そこに収められていた薄い包みを、だ。

最初は資格証明書《しょうめいしょ》かと思った。丁寧《ていねい》に緩衝材《かんしょうざい》でくるまれた平たい包みは、額縁《がくぶち》を連想させる。しかし正宗は、写真や絵画《かいが》で部屋を飾るような男ではない。そっと両手で取り上げて、如月は声を失った。

開いた梱包材《こんぽうざい》の向こうに、見慣れた青色が覗く。

静謐《せいひつ》な水の底を漂《ただよ》う、朽《く》ちることのない果実。

見間違えるはずがない。感傷《かんしょう》を誘うそれは、如月の私室を飾っていたはずのあの絵だ。

「こ……」

何故こんなものが、ここにあるのか。

同じ作品を正宗が購入した可能性《かのうせい》は、縁に挟まれた写真が否定《ひてい》していた。

「どこに飾ろうか、それ」

如月の手元を覗き込み、正宗がのんびりと尋ねる。

微塵《みじん》の動揺《どうよう》もない声に、如月は恐《おそ》ろしい勢いで男を振り返った。

「なんですか、これは…！」

絵だけではない。

よく見れば段ボール箱に詰まった品々には、どれも見覚えがある。銀色の目覚まし時計や、古い映画のＤＶＤ、音楽ＣＤ。全ては如月の自宅にあるべきものばかりだ。

「どうしてこんなところに……」

欲しかったのか。絵が。

正確には、引っ越し祝いが。

動転した頭では、的確な理由など思いつきようもない。しかしこんなもの、正宗にとってはがらくた同然だろう。

「だって大切なものだろ、これ」

取り乱す如月に、正宗が不思議そうに首を傾げた。

「新居《しんきょ》にも飾りたいかと思って。俺と、如月の」

「新……。な…」

今なんと言った。この男は。

言葉にならない如月に、正宗が眼を細める。

「楽しみだね、ベッドが届くの。如月はきっと木の家具が好きかなと思ったんだけど。気に入ってもらえると嬉しいな」

「ちょ……僕、一緒に住むだなんて一言も…！」

むしろ絶対《ぜったい》一緒には住まないと、そう最初から断言《だんげん》していたはずだ。

高く掠れた如月の声音にも、正宗は頓着しない。ふるえる如月の指先から、男が絵を取り上げた。

「プロポーズしてくれたの、如月だしぃ」

「プ……」

「如月のお母さん、本当に素敵《すてき》な人だね。事情を話したら、ものすごく喜《よろこ》んでくれてさ。忙しい如月に負担《ふたん》がかからないようにって、荷造りも全部引き受けてくれて」

しなやかな男の指が、居間にも積まれた段ボール箱を示した。雑貨や衣類《いるい》と書き込まれたそれらを、茫然《ぼうぜん》と見上げる。

正宗一人の荷物にしては、意外にも多い。確かにそう、思ったはずだ。

「事情…って……」

一瞬にして、視界が真っ暗になる。

満足に自宅へ戻れなかったこの二週間で、なにが起こっていたのか。母親からは一度連絡《れんらく》があったが、ゆっくり喋《しゃべ》る時間はなく、内容もほとんど覚えていない。

思い返せば、よかったわね、とか驚いたわ、と口にしていた母の声は、妙《みょう》にはしゃいでいなかったか。

「なに話したんです、あなた一体…」

「本当のことだけだよ」

今度こそ、自分の拳が正宗の頬骨を捕らえたと思った。

振り上げた腕を、男が易々《やすやす》と避《よ》ける。

「あ、あなたなに考えて……！」

「お宅の息子《むすこ》さんは大変優秀《ゆうしゅう》で、俺も期待してる、って。ただこのまま自宅から通うには忙しくて負担が大きいから、環境《かんきょう》を整《ととの》えないと。でもうちの寮《りょう》は今いっぱいだし」

だから、と言葉を切った正宗が、にっこりと笑う。こんな人好きのする笑顔、滅多にない。きっと悪魔《あくま》は、同じ表情《かお》で笑うのだろう。

「だから指導医《しどうい》の俺と二人三脚《ににんさんきゃく》で頑張れるように、いい機会《きかい》だから同じ部屋へ引っ越します、って。菓子折《かしおり》持って、ご両親に直談判《じかだんぱん》」

「嘘《うそ》だ！」

そんな話、誰が信じるというのか。だが事実、如月の両親は信じたのだ。この男が折り目正しく頭を下げたら、どんな無茶《むちゃ》な話だろうと皆、信じてしまいたくなる。

「侑那を末永《すえなが》くよろしくお願いします、だって。俺、涙出ちゃうかと思った」

しんみりと息を絞った正宗を、殴りつける気力もない。ふらつく足で踵《きびす》を返した如月を、大きな手が引き留めた。

「放…！」

「放すと思う？　俺が如月を」

注がれた声と指の強さに、目を閉じる。

この部屋へ足を踏《ふ》み入れた瞬間に感じた、違和感。如月の直感《ちょっかん》は正しかった。うつくしく艶《つや》出しされた家具も、おおらかな間取りも、正宗自身のために用意されたものではない。

全ては如月の好みを推《お》し量《はか》り、調《ととの》えられた部屋なのだ。

「責任取って、もらってよ。如月となら、実家にいるよりずっと楽しいと思うんだ」

毎日。死ぬまで。

そう続けられた言葉に、ぐらりと視界が揺れる。

「死…。そ、そんな重い話なんですか！」

一生あの家で暮らすつもりかと、確かに如月は口にした。しかしその代償《だいしょう》にしても、これは重すぎる。

なにより、とてもではないが正宗が他人と暮らせるとは思えない。大体職場の人間たちにはなんと言う。たとえ寮が満室だろうと、いい年をした医者が二人、同じマンションで同居する理由は一つもないのだ。

顳顬を血脈が打って、がんがんと頭が痛む。

それにも拘わらず、先程まで胸を舐めていた、ひやりとした重さは跡形《あとかた》もなかった。

「無理です、僕。一緒に暮らすだなんて…！　そりゃあ、正宗先生が家を出て下さったのは、嬉しいですけど…」

繰り返し否定して、唇を噛む。

たとえ人が悪く、完璧さと無縁でも、装《よそお》った誠実さより正宗という男を理解したかった。実家ではなく外の世界で暮らす正宗でいて欲しい、とも。だがそれにも順序《じゅんじょ》くらいあっていいはずだ。いきなり二人で暮らすなど、急すぎる。

「でもやってみないと、分からないだろ」

真っ直ぐに覗き込まれ、如月は信じられないものを見る思いで男を見た。

なんだ、その正論は。およそ正宗の言葉とは思えない。

「……そんなに頭にきてたんですか、引っ越しして欲しいだなんて僕が生意気言ったから…」

呻いた如月に、正宗が眼を瞠る。

「まさか！　嫌がらせのつもりなわけないよ絶対に。どうしてそんな疑い深いの。如月は」

疑い深くもなるだろう。

肘を摑んでいた男の指が、包むように腰へ動く。

知らなかったのは、多分如月一人だけだ。両親を籠絡し荷物を運び出した手際と同様に、正宗の周《しゅう》到《とう》さは疑う余地《よち》がない。もしかしたら如月の住民票《じゅうみんひょう》くらい、すでに移されていても不思議はなかった。

「浪費するなって言ってくれたの、如月だろ」

しなやかな指で下腹を辿られても、無理なものは絶対無理なのだ。

なのに何故、嫌だと言ってやれないのか。

「不束者《ふつつかもの》だけど、よろしくね」

外堀を埋めつくした男が、機嫌よく頰骨を舐める。

三つ指を突きかねない正宗の脇腹を、如月は悔《くや》し紛《まぎ》れに拳で撲った。

お医者様《いしゃさま》でも草津《くさつ》の湯《ゆ》でも1

Naguru Hakui no Tenshi

TOHRU KOUSAKA presents

お医者様《いしゃさま》でも草津《くさつ》の湯《ゆ》でも2

-数年前-
今日のオペも素晴らしかったです正宗先生
難しい症例《しょうれい》なのにあんな短時間で…！
そのほうが患者さんの負担も減るからね
…！
は、はい…！
あーあー赤くなって真《ま》に受けて感動しちゃってるよ
患者なんかどうでもいいっつーのホント疑うことを知らないバカっていうか
僕も先生みたいになれるように頑張ります…！
はは
如月ならすぐなれるよそれじゃお疲れ
お疲れさまです…！
いかにも平和にぬくぬく育ちましたって感じで
こういうヤツ見てるとなんか無茶苦茶にしてやりたくなるんだよね—
♫
あら正宗先生どうなさいました？
お顔が赤いですよ？
風邪？
…え？
脈拍上昇中

Naguru Hakui no Tenshi

TOHRU KOUSAKA presents

お医者様《いしゃさま》でも草津《くさつ》の湯《ゆ》でも3

Naguru Hakui no Tenshi

TOHRU KOUSAKA presents

あとがき

この度は『殴る白衣の天使』をお手に取って下さいまして、ありがとうございました。こちらは以前に出版して頂いた新書の、新装版となります。再刊行にあたって、今回更に加筆修正し、書き下ろしを書かせて頂くことができました。過去の作品を読み返すのは、過去の自分と向き合うことに他ならず、自分の不出来さに煩悶しつつも得難い経験となりました。今の自分が過去に比べ進歩しているかどうかは分かりませんが、読んで下さるお方にとって以前の版とはまた違う一冊になってくれていたら嬉しいです。

初版を出版して頂いてから今日までに、正宗《まさむね》家のモデルにさせて頂いた手術場が取り壊されたり、医療現場のシステムが変わったりと、時間の流れと共に変化も多く、改稿にあたっては初版では研修医だった如月《きさらぎ》（受）も、新装版では専門研修一年目、となりました。今回改めて、医療現場の取材にご協力して下さったI先生とF先生に、心よりお礼申し上げます。I先生は、私がどんな小説を書いているか十分ご承知なのですが、F先生（男性・常日頃お世話になっている恩人）には登場人物がほぼ殿方！　と告白できず…。しかし積極的にお知恵をお授け下さった上に「叔父の病院を建て直すために、言ってみればその医局のプリンスが私立病院へ出向くわけだね」などとお話し下さいました。医局のプリンス！　…こんなにも正宗に似合う言葉、他にありません。悶絶。更に別れ際には「これもなにかの資料になれば…」と、先生から大学の授業で使用中のレジュメを頂戴しました。『ＨＩＶの感染とその広がり』…果たしてこの資料をＦ先生が下さった真意は、同性間性交に関するページを熟読せよということか、性の尊さを心に刻めよ！　というメッセージだったのか…。医局のプリンス（笑）が同性の後輩を、手込めにする話だとは一言も申し上げられないままだったのに、すっかり色々見透かされている気持ちがしました（笑）。

初版に引き続き、素敵な挿絵をつけて下さった香坂透《こうさかとおる》さんにも心より感謝申し上げます。描き下ろしは勿論、今回初版時の原稿の殆どに加筆修正して下さいました。初版時の絵も大好きでしたが、新しい二人（色っぽい！）にも出会えて嬉しかったです。ありがとうございました！　いつも全身全霊を傾けてご指導下さる担当者Ｋ様。そして身を粉にして万事にご尽力下さったみゆき様。なにより、この本を読んで下さったお方に伏してお礼申し上げます。少しでも楽しんで頂けたら、これに勝る喜びはありません。ご感想などお聞かせ頂けますと、とても嬉しいです。

また、香坂さんと共同で、活動情報などをお知らせするＨＰを運営しております。お仕事や同人誌の情報、ミニゲームなどもありますので、よろしければお立ち寄り下さいませ。

→　http://sadistic-mode.or.tv/（サディスティック・モード・ウェブ）

それではまたどこかで、お目にかかれることをお祈りしております。

篠崎一夜《しのざきひとよ》

初出

殴る白衣の天使――1999年1月 小説エクリプスVOL.12(桜桃書房)掲載作品改稿
博士の異常な愛情――書き下ろし
お医者様でも草津の湯でも1――2000年7月 殴る白衣の天使(桜桃書房)収録作品
お医者様でも草津の湯でも2〜3――書き下ろし

この本を読んでの
ご意見・ご感想を
お寄せ下さい。

〒151-0051
東京都渋谷区千駄ヶ谷4-9-7
(株）幻冬舎コミックス　小説リンクス編集部
「篠《しの》崎《ざき》一《ひと》夜《よ》先生」係／「香《こう》坂《さか》 透《とおる》先生」係

リンクス ロマンス

殴る白衣の天使

2009年4月30日　第1刷発行

著者……………篠《しの》崎《ざき》一《ひと》夜《よ》
発行人…………伊藤嘉彦
発行元…………株式会社　幻冬舎コミックス
〒151-0051　東京都渋谷区千駄ヶ谷4-9-7
TEL 03-5411-6434（編集）
発売元…………株式会社　幻冬舎
〒151-0051　東京都渋谷区千駄ヶ谷4-9-7
TEL 03-5411-6222（営業）
振替00120-8-767643
印刷・製本所…共同印刷株式会社
検印廃止

ISBN978-4-344-81628-2　C0293

Printed in Japan
幻冬舎コミックスホームページ　http://www.gentosha-comics.net